野蠻娘子求生記

上

文創風
878

垂天之木 著

目錄

序文

垂天之木

誰說女子不如男子，古代也有巾幗不讓鬚眉的說法。當現代警花穿越到古代，協同大理寺眾人一起辦案，到底會發生什麼樣的故事呢？

顏末是蟬聯三屆的全國散打冠軍，一力降十會，一巧破千斤，從不比任何男子弱小，辦案臥底，事事衝在前面，是警隊中的精英霸王花。

但在一次出任務的過程中不幸墜崖，顏末帶著自己的一身裝備穿越到了古代。

古代社會以男子為尊，為了讓自己在古代好好的活下去，顏末只能女扮男裝，小心隱藏女子身分。

而國子監的一起命案，卻讓大理寺的人注意到了顏末。

傳聞大理寺卿邢陌言眼神毒辣，能堪破一切虛假表象，任何謊言和假象，在他面前都如薄紙一般脆弱，而且此人狠辣無情，最是毒舌，不僅不給人留餘地，眼裡還容不下一粒沙子……

且最最重要的是，這位大理寺卿對女人很反感，身邊沒有任何女子的身影，只要有女人想靠近他，他就會像秋風掃落葉一般冷酷無情。

顏末並不想招惹這位大理寺卿，但偏偏，這位大理寺卿看上了顏末的優異辦案能力。

在大理寺當一個捕快，這種差事在古代可是個鐵飯碗，為了生存，顏末一咬牙、一跺腳，幹了！

但實際上，這可不是那麼好幹的差事。

轟動京城的戲班花旦之死，由家暴案竟牽扯出聳人聽聞的拐賣案，還有失蹤案牽扯出的四棟鬼宅，以及讓人諱莫如深的巫蠱之禍……

為什麼所有人一提起巫蠱之禍，都避而不談？不想直接面對呢？當巫蠱之禍的餘孽再一次出現，真相無法再被掩蓋的時候，又會引起怎樣的波瀾？

在追查真相的過程中，顏末和大理寺眾人又會產生什麼樣的火花，快來一起探尋吧！

本書由一個個案件串聯在一起，隨著劇情的展開，逐漸引出幾十年前震驚京城的禍事，而顏末和大理寺眾人，在這一次次追查真相的過程中，也變得逐漸信任彼此，同時顏末也找到了自己的歸宿。

總體而言，這是本關於探案而又甜蜜的小說，書中眾人各有特色，鍾情驗屍的翰林院千金，真摯熱忱的定國公世子，聰慧腹黑的右相之子，還有愛裝大人的歡脫少年，以及大理寺的三個萌娃……

真相與正義從來不會缺席，愛情與甜蜜也看得讓人歡欣，希望這本書能帶給你快樂。

最後給大家比個心心。

第一章

年關將至，京城出了一件大事，國子監的一位學生被分屍，在豬舍發現時，屍體已經殘缺不堪。大瀚朝文啟帝震怒，下令大理寺協同刑部一起查案，七天之內必須查出結果。

國子監敬字型宿舍

顏末抱著足有半人高的木桶，跟在小司後面，去收宿舍門前掛出來的待洗衣物。

「咱們國子監浣衣舍只收敬字型監生的衣服，博字型和修字型那些監生大人們，他們的衣服從來都不用我們洗。」

啪嘰，又有兩件衣服被扔進了木桶裡。

顏末用腿將木桶往上蹭了蹭，蹭到只露出一雙杏仁眼的高度，問：「為什麼？」

小司嘖嘖兩聲，語氣微微上揚。「這你就不知道了吧，也對，你才來不久，不知道也正常，咳，那我告訴你，國子監博字型宿舍是給皇族子弟住的地方，修字型是給官僚子弟住的地方，不過他們並不住在這裡，這兩個宿舍常年都是空的，至於敬字型住的監生，都是從各地選拔進來的……」

聽聽這未竟之意，顏末懂了。「平民？」

「那可不。」小司看了看左右，湊近顏末，小聲提醒。「博字型和修字型那些監生大人們都有專人伺候，用不著我們，所以我們浣衣舍就專門伺候敬字型住的監生，不過你可別小瞧他們，能進國子監的平民，才華學問，哪個不是頂尖的，未來前途不可限量。而且人家雖說是平民，有的可是富甲一方呢，就衝這個，博字型和修字型那些監生大人們，也和這些人交情不錯。」

「那家境貧寒的呢？」顏末想著這兩天蒐集的資訊，試探道：「會不會被欺負？」

宿舍劃分都如此階級分明，才華學問在這裡頂尖又有什麼用，沒背景還冒出頭，不就是個活靶子嗎。

「那肯定會被欺負，沒權沒勢的，在這裡可不就得……」小司反應過來，自知失言，連忙停頓下來，敲敲顏末抱著的大木桶。「你問這個幹麼，和你又沒關係，不過話說回來，你一直抱著這麼大的木桶，不累嗎？」

「不累，我力氣大。」顏末雙手抱著木桶，又往上提了提。「小司哥，郭賓鴻家境並不好，他平日裡沒少受欺負吧。」

小司狠狠吸了一口氣，瞪大眼睛看著顏末，臉色都白了。「你突然說起……說起他幹什麼?!」

「我覺得他挺可憐的。」顏末睜著一雙黑白分明的眼。「如果他沒有被人分屍，成績那麼拔尖，未來前途一定不可限量。」

「現在說這個有什麼用。」小司明顯忌諱這個話題。「人都死了，還死得那麼慘……」

這時，外面傳來腳步聲，明顯朝著敬字型宿舍而來，小司連忙扯著顏末走向角落。

從圓形拱門進來三個人。

「這裡就是敬字型宿舍。」說話的是國子監祭酒夏敏，五十多歲年紀，臉色看起來有些憔悴，國子監出了如此駭人聽聞的大事，他難辭其咎。「陸大人、鍾大人，郭賓鴻的宿舍就在前面。」

陸鴻飛點點頭，往旁邊看了一眼。「那兩人是誰？」

鍾誠均順著陸鴻飛的視線看過去，挑了挑眉。「呿，好一個小矮子，力氣竟然這麼大。」

顏末一聽臉都黑了。

大木桶遮住了顏末大半個身體，只露出半個腦袋和半截小腿，遠遠看去，活像個木桶人。這副造型，想不惹人注意都難。

夏敏皺著眉，沈聲道：「你們二人過來說話。」

小司何曾與這些大人物說過話，嚇得腿都軟了，不由自主的扯住顏末的袖子，被顏末帶著走了幾步，這才反應過來，偷偷看了顏末一眼，見他隱在木桶後的臉一點都沒有慌亂，不免有些佩服。

這小身板，不僅力氣大得驚人，膽子竟也很大，小司突然覺得可以放心依靠顏末……

如果他知道顏末其實是個女的，估計就不會這樣想了。

顏末不清楚小司的想法，她一番心思都在前面三個人身上。

這是顏末穿越到大瀚朝之後，第一次正式和朝廷官員有所交集，國子監祭酒夏敏，她認得，遠遠看過一次，夏敏旁邊兩個年輕男人，她沒見過，但對兩人的身分也能猜出一二。

如今國子監禁嚴，案件未查明之前，監生不得無故外出，外人自然也不能隨意進來。在這麼敏感的時候，突然出現兩個生面孔，還要看死者郭賓鴻住的宿舍，那肯定是來查案的，所以這兩人應該是大理寺或者刑部的人。

而且看夏敏對這兩人略微小心翼翼的態度，就知道他們的身分絕對不低。

走近之後，顏末咚的一聲放下手中的大木桶，和小司一起行禮。

鍾誠均揮揮手，讓兩人起來，他有些好奇的伸手捏住木桶邊緣，往上提了提，感受到沈甸甸的重量，不由得嘖嘖稱奇。「還以為這木桶也就看著重，沒想到還真是實心的，你天生力氣這麼大？」

「回大人的話，吃得多，力氣就大。」顏末垂眸答道，更下定決心不能暴露自己是女人的事實。

「你們二人是浣衣舍的人？」一道清朗的聲音響起，陸鴻飛打量著顏末，沈聲道：「是誰讓你們來這裡收衣服的？郭賓鴻的宿房在這裡，若有什麼線索被破壞，你們二人脫不了干係。」

「大人饒命啊！」小司嚇得立即跪了下去。「今天是給各位監生收衣服的日子，小人們只是按規矩辦事，絕對不是想破壞什麼線索。」

夏敏開口呵斥。「這不是你想不想破壞的事情，我不是已經下令關閉敬字型宿舍？連住這裡的監生們都暫時搬到了其他宿舍，你們怎麼還會出現在這裡？」

「這……這……」小司猶豫的看了眼顏末，咬了咬牙，低頭回答道：「是……是我們看敬字型各宿舍外面仍舊掛出了待洗的衣物，所以才……」

「大人，是我讓小司哥過來收衣服的。」小司跪下去的時候，顏末也跟著跪了下去，此時截斷小司的話，直言不諱道。「郭監生的屍體在豬舍被發現，第一案發現場就算不是豬舍，也絕對不是他住的宿舍，畢竟人多眼雜，殺人分屍動靜太大，凶手若在宿舍行凶，不可能一點動靜都沒有。」

「第一案發現場？這倒是個新奇詞。」陸鴻飛清雋俊朗的臉上露出一抹笑意，但笑意卻並未達到眼底。「你的意思是，敬字型宿舍和郭賓鴻的宿房並不用在意，所以你們才無所顧忌的出現在這裡？」

「不是。」顏末搖頭。「小人的意思是，第一案發現場不在這裡，若從郭賓鴻的宿舍下手查找線索，可能收穫不大，但凶手可能出自敬字型宿舍，可從衣物上著手，因為殺人分屍，凶手身上必定會殘留大量血跡，而各位監生們的衣物是統一訂製，且有標號，如果有人的衣物突然少了……」

陸鴻飛的視線挪到顏末旁邊的木桶上，微挑了下眉。「所以你來這裡收衣物，是為了找線索？」

顏末在心裡嘆了口氣，她在現代是一位警察，穿越到這裡遇上命案，實在忍不住想偷偷調查，但沒想到才開個頭，便被人揪到了小辮子，如今只能硬著頭皮繼續說下去。

「大人，小人以為，身為國子監一分子，出了這樣的大事，自然也要盡一分力。」顏末神色認真，並未有一絲敷衍。「人命關天，儘快尋得真相，才能早日讓死者安息。」

陸鴻飛盯著顏末看了會兒，才繼續開口問道：「那你為什麼說凶手可能出自敬字型宿舍？據我所知，與郭賓鴻有恩怨的那些人，可都是修字型宿舍的。」

夏敏小聲抽了口氣，心想陸鴻飛這位大人可真敢說。

要知道與郭賓鴻有恩怨的那些人，身分可都不低，一個個還能牽扯出身分更高的人，甚至涉及皇親國戚，所以皇上才如此震怒，下令嚴查，限期揪出凶手，就為了讓案件快些解決。

否則這次案件拖得越久，帶來的動盪影響就越大。

郭賓鴻被殘忍分屍，大家最先想到和懷疑的，一定是與他有恩怨的那些人，但沒有切實證據，誰也不會多嘴，就怕引火上身。

可這位陸大人……

但也難怪，陸鴻飛年紀輕輕就坐上了大理寺少卿的位置，還是左相之子，後臺強硬，就算在當事人面前說出這樣的話，估計也沒人敢給這位陸大人使絆子。

「大人，修字型宿舍的監生們，沒有理由這樣做。」

顏末閉了閉眼睛，道出殘忍的事實。「說是有恩怨，其實是單方面的，從郭賓鴻的角度來看才算，若是從……」

若是從那些修字型宿舍監生的角度來看，郭賓鴻對他們而言，不過是個小玩意兒罷了，根本談不上什麼恩怨，更別說用殺人分屍這樣殘忍的手段去對付郭賓鴻。

但也不排除有某種變態心理的人，不過顏末從目前蒐集到的資訊來看，這樣的可能性非常小。

顏末的話沒有說完，但話中未竟之意都聽得明白。

夏敏驚詫的看著顏末。「這是你自己想出來的？」

顏末點頭。「回大人，是小人自己想出來的。」

鍾誠均和陸鴻飛對視一眼，眼神交流間，不知交換了什麼訊息。

「將這裡的衣服全部收好。」陸鴻飛頓了頓，看向顏末。「然後你親自送到大理寺去。」

大理寺正廳，一件件白色學子服被整齊疊放，袖口標號全部置於最上端，清晰明瞭。

「隨衣服送來的還有一份核對名單，陌言，要看一下嗎？」陸鴻飛看向坐在主位的男人，忍不住露出一絲調侃笑意。「你讓我和誠均表面上去查郭賓鴻的宿舍，暗地裡不動聲色去收繳衣物，沒想到還是被人捷足先登，而且竟不是刑部那些人。」

鍾誠均補充道：「我們有派人暗中監視和觀察那個顏末，這人在收繳衣服的時候，確實一點小動作都沒搞。」

邢陌言伸手接過核對名單，一邊查看顏末寫的內容，一邊皺眉。「這是什麼字？鬼畫符般歪七扭八，還缺筆少劃，簡直不堪入目。」

「咳。」鍾誠均想起探子彙報時的描述，忍住笑意。「這已經是很認真寫的結果了。」

邢陌言不想再對這字作任何評價，將名單看完後，神色略有舒緩。「這個顏末的心思果然敏銳機巧。」

陸鴻飛點頭。「沒錯，他發現收繳的衣物和敬字型宿舍所有監生都能對得上之後，竟還能立即想到從郭賓鴻的衣物上著手。」

鍾誠均指著被單獨放在一旁的學子服。「這幾個是袖口標號有磨損的衣物，他在核對名單上也有標記。」

「去找老經驗的繡娘，看看這幾個袖口標號上的針腳走向有否差異。」邢陌言吩咐完，又將話題轉向顏末。「派人去調查他。」

陸鴻飛道：「已經叫人去了。」

從大理寺回來，顏末直奔自己的房間。

關上門，落鎖。

側頭聽了會兒外面的動靜，顏末這才走向床邊，從床底下拉出一個手提小皮箱。

小皮箱裡的東西總共分成三類：一些喬裝打扮用的化妝品、一套換洗衣物，還有最重要的槍枝彈藥和手銬。

這些本是顏末要去做臥底時準備的必需物品，但最後並沒有派上用場，因為有人出賣了她。

在前往出任務的路上，顏末遭到綁架，連人帶小皮箱一起被拋下懸崖。本以為必死無疑，沒想到她竟然帶著小皮箱直接穿越到了大瀚朝。

她無牽無掛，穿越也沒什麼，但女人的身分不好行事，於是顏末利用小皮箱中的化妝品，在大瀚朝偽裝成男人，快速地找到了立足之地。

看著小皮箱裡的槍枝，顏末垂眸深思一會兒，然後伸手拿出來，將其綁在小腿上，接著將手銬也取出來，塞進腰間，以備不時之需。

等收拾妥當，顏末合上小皮箱，想了想，將小皮箱先前從未用過的密碼鎖設置好，這才將小皮箱又推回了床底下。

第二天傍晚，顏末被請到了大理寺。

正廳兩旁站著的，分別有過一面之緣的陸鴻飛和鍾誠均。

顏末看過兩人，將視線移向坐在中間位置上的男人。

心「怦」的一聲，顏末呆愣了一下，心想這大概是她見過最好看、最有氣勢，也最危險的男人。

眉眼鋒利，薄唇無情，與這個男人對上視線，顏末就感覺自己彷彿被看穿了一樣。

她不禁有些懷疑臉上的偽裝是否有漏洞。

「你就是顏末？」邢陌言打量著顏末相較於正常男人來說顯得有點瘦弱矮小的身材，不由皺了皺眉。

顏末點頭，不卑不亢的回答。「回大人，小人就是顏末。」

「你如何進國子監浣衣舍的？」邢陌言嗤笑一聲。「莫不是進了浣衣舍之後才改了名字？」

果然來了。

顏末深吸一口氣，她之所以能進國子監浣衣舍，是拿了別人的推薦信，恰好那推薦信上沒有指名道姓，才讓她鑽了漏洞。

至於那個人，在她穿過來的時候，死於匪徒刀下，顏末沒來得及救下對方。

用槍解決了匪徒，在翻尋那人的身分未果之後，顏末只好將人就地豎碑掩埋，想著等以後找機會去打聽一下，若這人家中還有親人，她會幫忙照料，畢竟她擅自用了人家的推薦信。

將事情一五一十的講清楚，顏末繼續開口。「大人既然查到了他的名字，應該也能查到他家中還有什麼人，小人會將這一月所得錢財盡數交上，還請大人幫忙還給他家人。」

「這是小事。」邢陌言修長白皙的手指敲敲下巴。「本官有些好奇，你用什麼暗器殺人的？」

顏末眼眸閃了閃。「請恕小人無可奉告。」

「你口口聲聲自稱小人，人也確實小……」邢陌言站起來，走向顏末，語帶諷刺。「可這副姿態卻並不怎麼小。」

顏末低了低頭，沒有說話。

「國子監浣衣舍一個小小的浣衣小司並不重要，但一個能擊殺五個匪徒的人冒充他人進入國子監，在這個當口，可不是一件小事。」邢陌言按住顏末的肩膀，微微低頭，威脅的話在顏末耳邊響起。「而且你隨身帶的東西，也叫本官很好奇。」

顏末瞳孔猛縮。

小皮箱被提了進來。

邢陌言伸出皂靴，用靴尖踢了踢小皮箱。「這是什麼？本官讓人使盡力氣，也沒能將這個箱子打開，你用了什麼手段？難道這裡面隱藏著擊殺匪徒用的暗器？」

顏末看向小皮箱，忍住沒有說話。

「呵，讓我想想，小皮箱裡並沒有暗器吧？你剛才的表現，並不怎麼驚慌，應該是對這次審問早有猜測，那麼……」邢陌言神情一凜。「應該也是早有準備！」

伴隨著話音而來的，是邢陌言探過來的手。

顏末下意識做出應對，她散打不是白學的，蟬聯三屆全國散打冠軍並不假，這點反應速度還是有的，但還是大意了，眼前的男人竟然虛晃一招，從她腰間抽出了手銬。

邢陌言看清手銬之後，頓時皺眉。「這……」

下一秒，顏末從小腿上抽出槍，抵在邢陌言的太陽穴上。「別動。」

邢陌言瞇起眼睛，神色危險磣人。「我竟然猜錯了。」

顏末神態冷靜，左右觀察下，慢慢放下手裡的槍。「你們究竟想幹什麼？試探我？」

都忘了自稱本官。

在她和這男人較量的短短瞬間，另外兩人竟絲毫沒有動靜，可不像是要把她拿下的意思。

鍾誠均眼裡不加掩飾的閃過欣賞。「小矮子，你果然聰慧機敏。」

顏末的臉又黑了。

邢陌言又恢復成面無表情，走到中間落坐，低頭喝了口茶水，潤了潤嗓子之後才開口。

「到本官手下做事吧，本官可以給你一個屬於自己的身分。」

顏末皺眉。「為什麼？」

她還是小瞧了古代人的手段，短短時日，她的一切應該都被查個底朝天，手上槍枝不提，來歷肯定也查不出什麼，在古代屬於查無此人的狀況，竟還就這樣讓她跟著做事？

邢陌言單手撐臉，斜睨顏末。「你需要在這裡生存，而我需要一個用得上的人。」

這雙眼睛，彷彿看穿了她的來歷一樣。

顏末有些明瞭——她這個憑空出現的人，無依無靠，能成為最好用的工具人。

「好，我同意。」

嗯，這男人接受能力高，想法不受侷限，膽大心細，敢於用人，是個人才。

既然男人敢收她，她何不試試呢。

之前一個月的時間，足夠顏末蒐集各方資料，對於坐在中間位置上的男人，不用說，這人的身分十有八九就是傳聞中那位最不能得罪的大理寺卿了。

顏末不知道該慶幸還是該苦惱，唯有一點，她必須要藏好自己的小馬甲，不能暴露身為女人的事實，否則傳聞中這位極其厭惡女人的大理寺卿，該會立即踢她出局。

「帶著你的箱子，會有人帶你去入住的地方。」

從今天起，顏末正式入駐大理寺。

沒有對顏末箱子裡的東西追根究柢，也沒有追問顏末手裡的槍如何使用，手銬也還給了顏末，對此，顏末對邢陌言打心底裡佩服。

可能這男人在放長線釣大魚，遲早有一天會從她這裡得到解答，但現在，邢陌言給予她絕對的信任，這副疑人不用、用人不疑的態度，讓顏末覺得分外舒心。

等顏末離開後，邢陌言朝鍾誠均招招手。

「怎麼？」鍾誠均湊過來。

「給你個任務。」邢陌言用手指敲著桌子。「你出自武將世家，對各種暗器應該有所瞭解，去探查一下顏末那些東西如何使用。」

就知道剛才在裝蒜，這人的好奇心可旺盛得很。

「……邢大人，糾正你一點，武將世家不代表對暗器有所瞭解，我們打仗都憑的是真刀真槍，誰用暗器那種不入流的東西？你應該說我對各種兵器有所瞭解。」

邢陌言眼帶嫌棄。「要你何用。」

鍾誠均無言。「……」

第三天早上，顏末房間的門被敲響。

「誰？」

此時顏末正在銅鏡前為自己進行最後階段的偽裝。

已經用眉筆勾勒出眉峰，讓眉毛看起來更顯英氣勃發，陰影刷掃過輪廓，讓臉部線條更鋒利，最後拿遮瑕膏掩蓋耳洞，一個俊俏男人的模樣就出來了。

稍微修飾臉部一些細節，整個人的氣質和形象就會變得不一樣，步驟很簡單，但這種操作很考驗技術，幸好顏末去當臥底之前有專門學過，否則在古代女扮男裝，肯定撐不了多久就會露餡。

不過從現代帶過來的化妝品都是消耗品，她必須儘快在古代找到類似的替代品。

「顏公子，我給您送衙役服來。」

「稍等。」

顏末將化妝品收進小皮箱並鎖緊，這才去開門。

門外站著一個十五、六歲大的男孩，圓眼睛很機靈，透著一股喜氣，長得也圓滾滾，笑起來還有酒窩。

「顏公子好，小的叫朱小谷，從今天起，就由小的來伺候顏公子。」朱小谷笑著給顏末躬身行禮，然後將手裡的衙役服奉上。「這是公子的衣服，讓小的來為您穿上？」

大理寺福利這麼好？她竟然就有人伺候了？

顏末微微挑眉，接過朱小谷手裡的衣服。「謝謝，不過我不習慣別人伺候我穿衣服，我自己來就行了。」

說完，門一關，毫不留情。

朱小谷摸摸鼻子，小聲嘀咕。「這位公子果然像大人說的那樣，好防備人啊。」

沒過一會兒，顏末穿著黑紅相間的衙役服走出來。「你知道你家大人在哪吧？帶我去找他。」

朱小谷尷尬的咳了一聲。「公子，我只是個小廝，怎麼可能知道大人的行蹤。」

「呵，大理寺的小廝還會武功嗎？」顏末伸手，隔空點了點朱小谷虎口處的老繭。

朱小谷捂住胸口，瞪大圓眼睛，吃驚的表情都來不及掩飾——他沒想到自己會暴露得這麼快。

但就這麼讓他承認，朱小谷有些不服氣，也不甘心，於是垂死掙扎辯解道：「這是我打水時磨的……」

顏末淡淡瞥了眼朱小谷，做了個抓取的動作。「打水可磨不到虎口。」

「那就是……」朱小谷還想辯解。

「行了。」顏末笑道。「你家大人派你過來，想必也沒要隱藏他讓你監視我的真正目的，你這孩子偽裝太差了，根本不像個小廝。」

「……公子，您這樣說讓我很傷心，還有，我不是小孩。」

「哦，那你多大了？」

「我十六了！」

「好，我知道了。」顏末點點頭，拍拍朱小谷的肩膀。「這回可以帶我去找你家大人了吧，小孩。」

「……好。」

大理寺書房

朱小谷帶著顏末找到邢陌言，陸鴻飛和鍾誠均也在。

一進門，顏末便直言道：「我能去看看郭賓鴻的屍體嗎？」

邢陌言看了眼朱小谷，揮手讓他下去，才看向顏末。「郭賓鴻的屍體殘缺不堪，有的仵作當場就吐了，你不怕？」

「怕不怕，看到才知道。」顏末手裡提著一個小包裹，直視著邢陌言。「想要快點查出真凶，單從學子服查找並不夠，證據不足。」

「呿，小矮子，幹勁這麼足？」鍾誠均啪啪的鼓起掌。「不錯不錯。」

顏末不想理這個人，連黑臉都不想給他了。

「走吧。」邢陌言站起來。「屍體就在大理寺，你可以看個夠。」

顏末無奈。「……」

這都是些什麼人。

停屍房

郭賓鴻的屍體做了簡單的防腐處理，但仍舊有刺鼻氣味。

「鼻子下面塗一點，會好很多。」

說話之人叫孔鴻，年約四十，長相儒雅，書生味十足，但從外表來判斷，很難看出他是一位經驗豐富的仵作。

「謝謝。」

顏末將自己整裝好，這才走到屍體旁邊。

確實殘缺不堪。

孔鴻已儘量將屍體拼湊起來，雖然看起來像個人形了，但屍體的毀壞程度更加顯而易見。

屍塊邊緣凌亂不齊整，每一處都無法密合的銜接上，而且每個屍塊上面，或多或少還有被牲畜啃咬的痕跡。

陸鴻飛看過一眼，便別開了頭。「待真凶查明，趕緊下葬吧。」

「凶器是什麼？」顏末比劃了一下屍塊邊緣，自言自語道：「邊緣有碎肉，被分屍之處應該遭受多次劈砍，所以凶器大概是鈍器，類似於砍刀、斧頭之類的……」

「沒錯。」孔鴻指了指被擺放在不遠處的斧頭。「那就是凶器，和屍塊一起在豬舍被發現，至於凶器的來源，我們查過，國子監廚房丟了一把斧頭。」

顏末連忙走過去，待仔細察看之後，眉頭立即皺了起來。「這斧頭清洗過了？還有，你們是怎麼將這斧頭拿過來的？經過了多少人的手？」

她帶的小包裹裡有石膏粉和小刷子，可以將凶器上的指紋清掃出來，但透過剛才的觀察，顏末發現這斧頭上面的血跡都淡化，也不知道經過多少人的手，要採取指紋恐怕會更困難。

「難道這個斧頭不能清洗？」鍾誠均湊過來，面露好奇。「為什麼？還有，凶器和如何拿、經過多少人手又有什麼關係？除了查清凶器來源，這凶器應該沒別的作用了吧。」

「怎麼沒別的作用？」顏末無語道。「凶器可是最直接接觸凶手與被害者的存在！」

邢陌言眸光幽深的看著顏末。「那你還能從凶器上查到什麼？」

「當然是凶手。」顏末回答道。

鍾誠均震驚。「難道是廚房大娘?!」

此話一出，所有人都無言的看著鍾誠均。

「呃，看來不是。」大概覺得自己的智商受到了侮辱，鍾誠均摸摸鼻子。「我就是猜測一下，咳，算不得準。」

陸鴻飛送給鍾誠均一個白眼。「能不能別想一齣是一齣？」

這時，朱小谷進來彙報。「大人，刑部那些人去國子監了，聽說要提審姚琪等相關人員。」

「姚琪？他們還真是不嫌事大。」邢陌言沈下臉，銳利的眼眸露出一絲危險。「走，我們也去國子監。」

去國子監的路上，顏末從陸鴻飛那裡得知了一些情況。

姚琪的身分可不低，他是吏部尚書的嫡長孫，吏部尚書小女兒是當今姚貴妃，姚貴妃生下了二皇子邵安行，其地位僅次於皇后。

不說姚琪背後有姚貴妃和二皇子，單說吏部尚書，那可是官居二品，位高權重之人。

刑部的膽子也是大，也不知他們找到了什麼線索，竟然有膽量去提審姚琪等人，也是硬氣。

不過硬氣歸硬氣，人家配不配合就另說了。

顏末跟邢陌言等人到國子監的時候，刑部的人還在和姚琪一干人等僵持不下。

不遠處還有很多看熱鬧的監生。

對峙中，最顯眼的是以囂張姿態坐在石凳上、身穿白色學子服的年輕人，大概就是姚琪了。

此時對方一臉不耐煩，說出的話傲慢無禮。「龔大人，還是回去問問你家大人，到底需不需要提審我吧，別你家大人一個沒注意，就讓你亂用權力，那不招人笑話嗎！」

龔博元臉色難看，盡可能的壓抑怒氣。「姚公子，只是帶你們回去問話，皇上要求七天查出真相，時間緊迫，若你們不配合……」

「別拿皇上壓我。」姚琪冷哼一聲。「郭賓鴻的死和我們沒關係，不過是一介賤民，我們還犯不著為這等賤民去觸犯律法。」

「是啊，而且我們平時和郭賓鴻接觸也不多，他要沒死得這麼慘，我都快想不起這個人了。」

「這人就是我們無聊時的消遣罷了，玩玩而已，真犯不著殺人。」

「殺郭賓鴻對我們有什麼好處？賤民賤命，我們也看不上。」

和姚琪交好的三個官家子弟紛紛開口，語氣要麼輕蔑不屑，要麼不以為意。

姚琪等他們說完，攤手道：「龔大人，聽到了吧，我勸你還是不要在我們身上浪費時間了，趕緊去找真凶才是要緊事。」

龔博元氣得胸膛起伏。「你——」

「龔大人。」邢陌言突然開口，走到龔博元近處。

龔博元這才注意到邢陌言等人，他皺起眉。「邢大人？沒想到大理寺竟然這麼快就接到消息，難道你們也是來提審……」

「不，我們是來揪出凶手的。」邢陌言淬了毒一樣的鋒利視線掃過姚琪等人，嗤笑道：「凶手應該不是姚公子，畢竟姚公子是個衣來伸手、飯來張口的公子哥兒，肩不能扛、手不能提，怎麼可能拿得動斧頭，更別說砍人分屍了。」

「邢陌言！」姚琪臉色瞬間難看下來。「你才拿不動斧頭！」

「哦？姚公子拿得動斧頭？那能和本官說說，你是怎麼拿斧頭砍人的嗎？」邢陌言嘲諷著說完，神色瞬間冰冷。「還有，請姚公子尊稱本官為邢大人，不然本官很懷疑你在國子監學的東西都餵豬了，難道最起碼的尊卑觀念，你都不懂？請記住，郭賓鴻是賤民，你也是白身。」

姚琪的臉色瞬間鐵青，咬牙切齒道：「好，邢、大、人，你的意思是我在仗勢欺人？」

邢陌言微一挑眉，淡淡開口。「本官很欣慰你能醒悟到這一點。」

「你——」姚琪拍著桌子站起來，氣得胸膛起伏，但還未等他反擊回去，便被旁人拉住了袖子。

那人湊到姚琪耳邊，不知道說了些什麼。

姚琪緊抿嘴唇，臉色難看，頗為不甘的看了邢陌言一眼，終究沒鬧起來。

顏末有些意外，站在邢陌言背後，悄悄打量了眼對方。

如果她沒記錯，大理寺卿是正三品，而吏部尚書是正二品，姚琪雖然是白身，但如果他真鬧起來，這背後有吏部尚書，甚至二皇子和姚貴妃，那麼邢陌言應付起來，估計會很吃力，而且姚琪看起來也不像是個甘願吃癟的主兒。

所以到底是什麼話，讓姚琪突然忌憚起邢陌言？

「邢大人，你為什麼說姚公子應該不是凶手？」龔博元打破僵持的局面。「能說說理由嗎？」

「那龔大人又為什麼要提審他們四人去問話？」邢陌言反問。「能先說說理由嗎？」

龔博元抿了抿唇，猶豫了一下，這才開口。「據本官調查，往日與郭賓鴻最有……交集的便是姚公子四人，而且郭賓鴻出事之時，並沒有人可以證實姚公子四人是否在其他地方做其他事情。」

「也就是說他們沒有不在場證明？」

突然的一句話，從邢陌言背後傳來，眾人下意識扭頭看向顏末。

顏末表面淡定，眼觀鼻、鼻觀心，裝作沒看到那些齊投而來的視線。

「不在場證明？」邢陌言咀嚼著這個詞，哼笑一聲。「還挺形象。」

龔博元適時提醒。「邢大人，本官的理由已經說完，你是否可以說一下自己的理由？」

「當然。」邢陌言回過頭，伸出一根食指，朝顏末勾勾手。「你來說。」

你叫狗嗎？

顏末上前一步，朝龔博元拱手行禮。

「讓他說？」龔博元皺眉打量顏末，眼神帶著懷疑。

邢陌言背著手，神色淡然。「聽就是了。」

龔博元無言。「……」

「在說之前，小人有個問題，想先問下姚監生和三位監生大人。」顏末看向姚琪等人，「不知道姚監生和三位監生大人有沒有看過郭賓鴻的屍體？」

姚琪冷哼一聲。「沒有。」

「我們沒事去看他的屍體做什麼？」

「從來沒看過，也不可能主動去看，又不是有病。」

「聽說他被分屍了，那不是很噁心？誰要去看。」

顏末點點頭。「對，郭賓鴻被分屍殺害，兇器是一把非常鈍的斧頭，所以想要將人分屍，每個屍塊至少要被斧頭劈砍數十下……」

「嘔，你說這些做什麼?!」其中一個人乾嘔一聲，彷彿想像出了畫面，臉色難看至極。

姚琪和其他兩個人的臉色也好不到哪裡去。

而且不僅姚琪這四個人臉色難看，聽著顏末的描述，很多人也都不由自主的在腦海裡想像著畫面，臉上的神色多多少少也有些難看。

顏末看了責問之人一眼。「你們知道豬會咬人嗎？這些屍塊連同斧頭，一同被丟進豬舍，每個屍塊上，都有被豬啃咬的痕跡，孔先生將屍塊進行拼合，但也已經拼不成一個完整的人了。」

聽到郭賓鴻死得這樣慘，終於有人承受不住。

「別說了！」姚琪臉色難看且陰沈，尖銳的視線刺著顏末。「不是要解釋我為什麼不是凶手嗎？你說這麼多廢話幹什麼?!」

「哦，是這樣，小人是想說，雖然屍體毀壞嚴重，但屍體上被毆打的傷痕，還是能看得一清二楚。」顏末朝姚琪拱了拱手。「姚監生和三位監生否認殺了郭賓鴻，但這毆打總不會也否認吧？」

「毆打？」姚琪陰沈著臉嗤笑。「我們不過是和他鬧著玩罷了。」

「對，鬧著玩，這過程中肯定避免不了一些磕磕碰碰，有傷痕在所難免。」

「我們和他鬧著玩很多次了，都沒見他出過事，難道這次出事就怪我們頭上了？」

「鬧著玩又不犯法。」

顏末垂下眼眸。「那請問四位監生大人，你們和郭賓鴻上一次鬧著玩，是在什麼時候？」

姚琪不耐煩揮揮手，讓其中一人回答。

那人想了想。「大概就是郭賓鴻出事前幾天。」

「那就對了。」顏末點點頭，轉向龔博元。「龔大人，小人來之前看過郭賓鴻的屍體，排除被豬啃咬的痕跡，他的屍體上還有各種傷痕，有些傷痕不過指甲蓋大小，顏色淺淡，應當是很久以前的舊傷痕，有些傷痕如拳頭般大小，仍舊泛著新鮮的瘀青痕跡，推算時間，應當就是郭賓鴻出事前幾天才有的，關於這點，龔大人可以向孔先生求證。」

孔鴻立即點頭，確認道：「沒錯，那些最新傷痕的確是郭賓鴻出事前幾天才有的，而且傷痕出現的時間絕對不超過三天。」

龔博元看向顏末，臉色嚴肅。「這能代表什麼？凡事要講究證據。」

「龔大人，你現在說要講究證據了？」姚琪冷笑一聲。「那提審我們的時候，怎麼不講證據？你說我們沒有……那什麼，不在場證明是吧，你怎麼確定的？郭賓鴻出事的時候，我們四個人正聚在一起，互相作證行不行？還是你以為郭賓鴻是由我們四個人一起殺死的？」

龔博元沈下臉。「就算幾位在郭賓鴻出事時真的正聚在一起，也不能互相作證，因為不排除有彼此包庇的可能，而且四個人一起殺死郭賓鴻，這也不是沒可能。」

「看來龔大人是鐵了心想在我們身上安個兇手的標籤了？」姚琪冷著臉問道。

龔博元。「就事論事而已。」

「龔大人，看屍體情況，動手的應當是一個人。」顏末看向龔博元。「四個人動手的可能性微乎其微，因為分屍的痕跡走向、劈砍手法等並未有太大的出入。」

「哈，聽到了沒有，龔大人。」姚琪嗤笑出聲。「怎麼你堂堂一個刑部侍郎，還不如一個小小的衙役？」

龔博元臉色瞬間難看。

「當然，也不排除一人動手，其他三人看戲的情況。」顏末繼續開口道。

第四章

龔博元臉色恢復，姚琪等人臉色瞬間難看起來。

「你……」

「不過話說回來，這樣的情況也微乎其微。」顏末打斷姚琪的話。「因為根據最新傷痕出現的時間來判斷，姚監生和三位監生大人才毆打完郭賓鴻……哦不，應當是和郭賓鴻鬧著玩。」

姚琪等人一窒。「……」

顏末清清嗓子。「才鬧過沒幾天，就出現殺人分屍的情況，這樣的可能性並不大，除非姚監生和三位監生大人突然受到什麼刺激，已經不滿足於毆打，啊，應當是不滿足於和郭賓鴻鬧著玩……」

姚琪開口。「喂，你……」

「所以可能會出現臨時起意殺人的情況，但一般臨時起意殺人，都是弱勢一方才有的行為，小人想，以姚監生和幾位監生大人的性格，也不像是弱勢的一方。」顏末朝龔博元拱手。「因此綜合來判斷，姚公子和三位監生大人犯案的嫌疑不大。」

姚琪等人靜默。「……」不知道說什麼好，突然好憋屈的感覺。

龔博元垂眸沈思，良久，他抬起頭，將顏末好好打量了一番，然後追問道：「那你們說來這裡揪出凶手，難道是發現了其他可疑的人？」

顏末看向邢陌言，話可不是她說的，她既沒權利去調查什麼，也不知道邢陌言調查到什麼程度。

「你的小包裹應當能派上用場。」邢陌言挑起嘴角。「如果順利，今天就能揪出凶手。」

鍾誠均朝外面朗聲道：「帶進來吧。」

話音落下，朱小谷便帶著一位四十歲左右的婦人出現在眾人眼前。

顏末皺了皺眉，她的小包裹和這位風韻猶存的美貌婦人能有什麼關係？

顏末帶著疑惑的視線轉而看向邢陌言。

邢陌言意味不明的笑了笑。

顏末無言。「……」

「這是霖衣坊的老闆——林繡娘，有三十多年刺繡經驗。」朱小谷介紹道。「國子監的學子服，都出自霖衣坊，學子服上的標號，也是由霖衣坊的繡娘親手製作而成。」

林繡娘手裡捧著一件學子服，躬身行禮。「民婦不負所托，已經將大人交代的任務完成了。」

「這是什麼情況？」龔博元開口問道。

陸鴻飛簡單解釋了一下，隨後讓林繡娘將學子服上的發現進行說明。

「諸位大人，民婦看了幾件衣服上的刺繡標號，雖然都有破損，且補線痕跡明顯，但仔細觀察針腳走向，只有一件學子服的針腳走向與原來有非常大的出入。」說著，林繡娘將手中學子服呈上。

學子服交到了邢陌言手上。

顏末踮了踮腳尖，遠遠的望過去。

「大人們請看，當初製作國子監學子服的時候，為了幫助各位監生大人們區分各自的衣服，學子服上的標號都會採用非常粗的針腳，所以壞掉或者拆除之後，會在衣服上留下比較大的孔洞。」

「話雖如此，但每個監生的學子服標號都是自己的名字，哪怕筆劃少，在刺繡之時，針腳也會非常密集。」顏末看向林繡娘，好奇道：「妳真的能根據針腳走向，將不同的名字正確區分出來嗎？」

林繡娘看向顏末，抿唇笑道：「這位小哥一看就對女人的刺繡不瞭解。」

顏末開口。「……是不太瞭解。」扎心了，她怎麼說也是女人，學過十字繡好嗎，而且平時補補襪子、縫縫開線的衣服也還是沒問題的。

林繡娘從自己懷裡拿出一張紙。「各位大人們，請看這張圖紙。」

圖紙又被邢陌言接過去，不過在看之前，他突然轉頭問顏末。「累嗎？」

顏末踮起腳尖的動作僵住，默默放下，淡淡開口。「有點。」

鍾誠均噗的一聲，不客氣笑道：「小矮子。」

顏末發誓，她這輩子都會記住鍾誠均對她身高的嘲笑。

君子報仇十年不晚，小女子報仇，一輩子都不晚。

「站過來。」邢陌言輕哼一聲。「自己沒腳嗎，還是只會踮著不會走？」

顏末默默走到邢陌言身邊，終於看清了圖紙上的內容。

圖紙上有兩部分內容，兩部分都有用毛筆劃出來的黑色小點，而且兩部分的黑色小點位置一模一樣，只不過有一部分的黑色小點上，用更細的線條勾連了起來。

那是兩個交疊在一起的名字。

「各位大人可以將圖紙上的黑點和學子服上的孔洞進行比對，絕對沒有任何差別，而想要將黑點全部勾連起來，最終出現的必然是這兩個名字。」

一個是郭賓鴻的名字，至於另外一個名字……

不用邢陌言開口，龔博元立即沈著臉，派手下將這個人找出來。

見衙役們出動，在場的國子監學生都有些騷動。

沒一會兒，人就被找到了，是一個長相斯文，看起來乾乾淨淨的男人。

被帶上來的時候，那人臉上的神色有些慌亂，但整體而言還算鎮定。

「任修文？」邢陌言開口問道。

那人點點頭。

龔博元問：「你和郭賓鴻是什麼關係？認識他嗎？」

「……不算認識。」任修文聲音乾澀。「我們有過一面之緣而已。」

「既然你和郭賓鴻不熟，那郭賓鴻的學子服為什麼會在你這裡！」龔博元冷聲喝問，將邢陌言之前丟給他的學子服展開。「是不是你殺了他之後，自己衣服染上血，不能用了，所以偷換了郭賓鴻的學子服，將其上的名字標號改成了自己的名字標號？」

任修文瞬間跪了下去，倉皇道：「大人，冤枉啊，我沒有殺他，真的沒有！」

陸鴻飛皺眉。「那這件學子服上的名字標號，你怎麼解釋？」

「我……我……」任修文臉上冷汗直流，一時無言以對。

在任修文開口說第一句話時，顏末就一直在觀察任修文，她發現任修文說自己沒有殺郭賓鴻的時候，眼神堅定，一點心虛的反應都沒有，雖然面色惶恐，但並不是被戳穿後的害怕。

難道任修文不是凶手？可是他又解釋不清學子服的事情。

而且，顏末總有種直覺，任修文和郭賓鴻的關係並不單純。

龔博元逼近任修文。「這件學子服是在你宿舍門前被收走的，然而在這上面卻能發現郭賓鴻名字的標號，這是怎麼回事？」
陸鴻飛說：「而且我們也去查了郭賓鴻的遺物，他的確少了一件學子服。」
龔博元道：「還不承認你就是凶手?!是你殺了郭賓鴻！」
「不！不是我，我沒有殺他！」任修文立即反駁道，表現得很激動。他胸膛起伏不定，喘了喘氣，像是終於堅持不住一樣，氣息有些萎靡，艱澀開口道：「我能有郭賓鴻的學子服，是因為……因為我和他其實認識，而且很熟悉……我們都是從南方小鎮來的監生……」
「那你剛才為什麼說和郭賓鴻不算認識？」顏末揪住之前任修文話語的漏洞。「而且我們調查過郭賓鴻的人際關係，他活著的時候，你們兩個好像也並未有多少交集，這又是為什麼？」
邢陌言看了顏末一眼，微微挑了挑眉毛。
「我們只是裝作不熟。」任修文眼眶泛紅，聲音嘶啞。「因為……因為我們做了契兄弟，怕在國子監被人發現我們兩個的關係，所以才……才在平時裝作不熟的樣子。」
顏末沒想到會是這個回答，心裡有些震驚。
龔博元臉色難看，拿著手裡的學子服問道：「那這件……」
「這件的確是賓鴻的學子服。」任修文垂下頭，低聲道。「那是因為我和賓鴻私下互相交換了學子服，為了不被人發現，我們才將彼此學子服上的名字標號改成了自己的名字……不敢欺瞞大人，若大人不信，可以去查，他那裡也有我的學子服。」

顏末剛想開口說話，便被人打斷。

「嘔，原來你和郭賓鴻是契兄弟，難怪郭賓鴻看上去跟個娘兒們一樣。」姚琪身邊的一個人突然開口，臉上帶著顯而易見的嫌惡。

「還私下交換學子服穿？好噁心。」

「我說我怎麼看不慣郭賓鴻，原來就不是個正經人。」

不遠處看熱鬧的監生們，也傳來竊竊私語的聲音，有些人的眼神顯而易見的發生了變化。

任修文放在地上的雙手猛地攥緊，身體因為用力，竟隱隱有些顫抖。

「閉嘴。」邢陌言冷眼掃向說話的三個人，眼神像是寒冬中凜冽的風雪，凍得三人齊齊打了個冷顫，隨後，他看向任修文。「郭賓鴻被殺之時穿著學子服，遺物中並未見到另一件學子服，如何能查他那裡是不是有你的學子服？你倒是好算計。」

郭賓鴻有一件學子服下落不明，而他們沒有證據證明那件學子服是被任修文拿走的。龔博元有些不能接受。「那現在怎麼辦？」

邢陌言看向顏末，勾起嘴角。「你怎麼看？」

顏末並未回答邢陌言的問題，反而看向任修文，問道：「你們只交換了這一件學子服？」

「沒錯。」任修文點點頭。

顏末這才看向邢陌言。「國子監每一位學生都有兩套學子服，郭賓鴻死時穿的那一件學子服毀壞嚴重，已經不能檢查，但這位任監生身上穿的學子服仍舊可以檢查一下。」

若是沒問題，他們可以再找；若是有問題，端看任修文還有什麼說辭！

話音落下，任修文身體明顯搖晃了一下。

龔博元眼睛一亮，立即讚賞的看了顏末一眼，隨後喊人將任修文按住，叫林繡娘上前檢查。

只一眼，林繡娘就判定這件學子服上的名字標號也有問題！

這樣的發現，讓大家都有些振奮。

「任修文，你身上穿的這件學子服又作何解釋？」龔博元冷哼一聲。「你只和郭賓鴻交換了一件學子服，為何你身上穿的這件學子服也有郭賓鴻名字的標號印記?!這就是那件失蹤的學子服吧！」

「不是！大人，我也不知道為什麼賓鴻的學子服會失蹤，我真的不知道……我身上這件學子服，是……是我趁賓鴻不注意，偷偷將他另一件學子服也換了過來。」任修文在地上磕頭。「冤枉啊，大人！真的不是我殺了賓鴻，我也沒理由這樣做啊。」

龔博元道：「那你為什麼又要偷偷將郭賓鴻的衣服換成你的？」

「我怕他難堪。」任修文看了姚琪等人一眼。「大人，因為賓鴻一直被欺負，身上的學子服總是破破爛爛，他也沒餘錢去買新的學子服，我擔心他，畢竟他在國子監成績那麼好，也很有能力，若是衣冠不整，會讓人看不起，也會失去很多機會，如果我直接提出幫襯他，又怕他有心理負擔，覺得難堪，所以才偷偷將自己另一件學子服也和他換了。」

顏末皺眉。「你的理由太牽強。」

大概是看一個小小衙役和他說話，任修文壯起膽子反駁了一句。「若是只憑學子服上的名字標號就定我的罪，難道就不牽強嗎？而且最重要的是，我沒有殺賓鴻的理由啊！」

第五章

「也許你是怕郭賓鴻早晚有一天將你們的關係說出去吧，畢竟他一直被欺負，性格軟弱，若是有天受不住，不小心洩漏你們二人的關係，那你就完了。」顏末有些咄咄逼人。「來的路上，我問了孔先生關於郭賓鴻真正的死因，他不是遭分屍致死，而是先被人悶死，隨後才被分屍。」

邢陌言抱著手臂，饒有興趣。「這又是什麼說法？」

「我一直覺得奇怪，為什麼要將人悶死再分屍？若是為了方便處理屍體，可屍體卻在豬舍輕而易舉被發現；若分屍是為了取悅自己，但人已經死了，也沒多大意義。」顏末雖然在回答邢陌言，視線卻不曾從任修文身上離開。「雖然我還不知道凶手將人分屍的真正理由，但人一定是你殺的，是你去廚房拿了斧頭，然後將郭賓鴻分屍……」

「我沒有！賓鴻不是我殺的！」任修文再次對這種說辭表現出了激動的情緒。「君子遠庖廚，我從未去過廚房，更別說拿什麼斧頭了！人不是我殺的！我沒有殺死賓鴻！」

顏末像是放鬆下來。「那好，我們就來問問斧頭，你到底有沒有接觸過它了。」

龔博元問：「什麼？」他覺得自己幻聽了。

其他人也同樣一頭霧水。

只有邢陌言勾起了嘴角。

「接觸過斧頭的人都有誰？叫所有接觸過的人全部在紙上按手印。」邢陌言派人將斧頭帶過來，同時不急不緩的吩咐著。「還有這位任監生，也按下自己的手印吧。」

顏末聽邢陌言說著話，緩緩呼出一口氣，她果然沒猜錯。

說她的小包裹會派上用場，原來在這裡等著呢，這人可真是……

還好她機靈。

不僅孔鴻、任修文等人需要按手印，連國子監廚房一干人等都被找了過來，不過相比於其他人的淡定，接觸斧頭最多的砍柴小廝，當場就哭了出來，嚇得不輕。

顏末上前安慰對方，簡單解釋了下等會兒的操作，說有指紋才不要緊，小廝這才稍微鬆了口氣。

斧頭很快被送來，邢陌言走到顏末身邊。「走吧，本官陪你一起，以免你出什麼差錯。」

顏末無言。「……」怕不是想要看她的小包裹。

很無奈，但是也沒辦法，反正小辮子已經被邢陌言揪住了好幾個，不差這一個，顏末破罐子破摔，提著小包裹，帶著邢陌言走到了斧頭擺放處。

小包裹打開，拿出裡面的石膏粉和專門清掃出指紋用的細軟小毛刷，顏末開始投入工作，她一工作，便心無旁騖，也就沒注意到旁邊眼神晶亮的邢陌言。

邢陌言饒有興趣的盯著石膏粉看了會兒，又去看顏末手裡的小毛刷，不一會兒，又想去窺伺小包裹裡面的其他東西，不過很可惜的是，顏末將小包裹包得嚴嚴實實，保護得很好。

心裡忍不住哼了一聲，邢陌言這才專注起顏末如何將斧頭上的指紋清掃出來。

斧頭雖然被其他人接觸過，但好在接觸的人不多，這是好消息。

不過指紋清掃起來還是有些麻煩，進展很慢，畢竟要慢工出細活，但是顏末每清掃出一枚指紋，邢陌言便會讓人將這枚指紋和按下的手印進行比對。

這樣節省了不少時間，而且這就跟抽獎一樣，說不定下一枚清掃出來的指紋，就是凶手的指紋。

基本上按下手印、接觸過斧頭的人，都是邢陌言大理寺的人，很容易排除嫌疑，那麼只要在斧頭上找到不相干之人的指紋，比如說沒接觸過斧頭的任修文，這就是鐵證！

所有人都在緊張的看著顏末在斧頭上清掃指紋，恨不得顏末動作再快點。

顏末額頭都出了一層細密的汗珠，但眼神從未離開過斧頭，一直專注在清掃指紋。

邢陌言抱著手臂站在旁邊，眼裡閃過滿意。

看來他找的人，真能幹。

斧頭上的指紋很多，光靠肉眼進行比對，其實很困難，但還好能從中找到每個人的指紋特徵，顏末在清掃出指紋之後，也會一針見血的將特徵標注出來，這讓比對指紋的人可以更輕鬆一些。

雖然進度有些慢，但指紋比對效率很高。

不知比對到第幾個指紋，鍾誠均突然發出了一聲驚呼。

顏末立即停下手裡的動作，和邢陌言一起看了過去。

鍾誠均慢慢抬起頭，看了看任修文，又看了看顏末和邢陌言。「你們不用繼續清掃指紋了。」

他手裡拿的，正是任修文按下手印的那張紙。

龔博元立即走上前。「一樣?!」

鍾誠均點點頭，看向任修文。「你不是說沒接觸過這把斧頭嗎？那為什麼這把斧頭上卻有你的指紋？」

任修文臉色慘白，什麼話也說不出來。

這時，朱小谷從外面快步走進來，朝邢陌言拱手。「大人，我們在任修文的宿舍房梁上搜到了這個。」

被呈上來的是一件血衣——染了郭賓鴻鮮血的學子服。

邢陌言瞧了一眼幾乎看不出白色的學子服，神色不明道：「任修文，也不知道你是來不及處理這件學子服，還是有恃無恐，覺得自己不會被查到？」

顏末也看了看那件血衣，又看了看邢陌言，頗有些咬牙切齒。「邢大人，原來你還派人去查了。」那她累活累死的清掃了半天指紋，腰都快斷掉了，到底是為了什麼啊?!

邢陌言挑眉。「兩手準備而已。」

顏末在心底呵呵一聲，我看你就是覬覦我的小包裹，這個大忽悠！

鐵證如山，任修文辯無可辯。

「說吧，你為什麼殺了郭賓鴻？」龔博元看著任修文質問道。

「我沒有殺賓鴻……」任修文閉了閉眼睛，聲音頹喪。「我只是……我只是幫他解脫而已，他太累了，又一次被姚琪他們欺負後，賓鴻來找我，和我說不想活了，活著太累，在京城這裡，他找不到自己的容身之所，成績好又如何，還不是被這些官家子弟們欺辱。」

「但這也不該是你殺了他，還將他分屍的理由。」陸鴻飛一向溫和的臉上閃過一絲怒色。「殺人分屍，還將屍體棄到豬舍，連郭賓鴻最後一點顏面也不給他留，你竟也做得出來?!」

「是因為賓鴻說，如果有下輩子，他不想當人了。」任修文垂眸，緊握住雙手。「既然他不想當人，那我就幫他，我以為將屍體毀掉，他下輩子就不會投胎成人了。」

顏末深吸一口氣，心裡滿是憤怒，這還是堂堂國子監的學生，竟然如此愚昧、無知！

將人分屍的真相竟然如此簡單，顏末無法接受，只覺得滿嘴苦澀，郭賓鴻願意嗎？他是真的想死嗎，才不到二十的年紀，就這樣離開了，他不後悔嗎？

還有任修文……

「你真的只是幫他解脫？」邢陌言看著任修文，冷淡開口道。「既然不承認自己殺了郭賓鴻，那為什麼還要百般掩蓋自己的罪行？這種說辭，不過是給自己找的推脫理由罷了，你自己心底清楚，你就是殺了他，殺了郭賓鴻。」

邢陌言每說一個字，任修文臉色就扭曲一分。

「不是我想殺了賓鴻，是他被這些人……」任修文指向姚琪等人，眼神透著強烈的恨意。「都是因為這些人，如果不是這些人經常欺凌賓鴻，他怎麼會有不想活的想法?!」

「不過是和他鬧著玩罷了，他自己承受不住，怪誰？」姚琪冷嗤道。「殺人的是你，可不是我們，郭賓鴻要恨的也是你才對，誰知道他是不是真的想死呢，那麼軟弱的人。」

「啊啊——」任修文猙獰著大吼一聲，猛地站起來，朝姚琪等人撲過去。「是你們！你們才是殺人凶手！是你們！凶手！凶手！」

姚琪等人猛地變了臉色，惶恐的神色不加掩飾。

這可是將人分屍的殺人凶手！

見任修文朝他們撲過來，姚琪等人竟是嚇得不敢動彈了。

一聲悶響，不仔細聽根本聽不到，下一秒，任修文就倒在地上，他痛苦的捂著自己的小腿呼痛，若是仔細看，就能發現任修文小腿上不知怎麼出現了一個血洞，正往外冒血。

顏末站在角落，將裝了消音器的手槍放回小包裹，心裡悄悄嘆了口氣，不用問，感受到旁邊灼熱的視線，她就明白又被邢陌言揪住了辮子，而且還是一根大辮子。

完了，這回頭真的要被揪禿了。

「將人帶下去，聽候發落。」邢陌言保持著冷淡表情，在眾人或震驚、或不明所以的目光中，帶著一絲鄙夷的語調，眸子透著威脅。「難道你們都沒見過暗器？」

眾人回神，不敢說話。

任修文被帶走了。

顏末看著對方漸行漸遠的背影，不免有些恍惚，也有些低落。

直到回了大理寺，她一句話也沒說。

房門被敲響，拉回顏末的思緒，她走上前去開門，門外是朱小谷。

朱小谷還是那副圓圓的笑臉。「顏公子，這是大人讓我送來的藥，可以搽在痠痛處，活血化瘀，清熱解乏，非常有效，另外，大人讓我和您道一聲辛苦了，這次案件能夠成功解決，您功不可沒，所以這個月，您會有豐厚的獎金呢。」

顏末看著朱小谷手裡的藥，以及想著即將到手的豐厚小錢錢，心裡說不感動，那是騙人的。

「啊，對了，顏公子，大人還有一件事讓我告訴您。」朱小谷笑咪咪道。「您明天要去和大人學練字呢，大人說，咳咳，您好歹是大理寺的人，以後出去，絕不能被人誤認成道士。」

顏末滿腦袋問號。「哈？道士？我為什麼會被人誤認成道士？」

「咳，鬼畫符嘛。」

顏末一窒。「……」她收回感動那句話！狗爬字也是字，哪裡是鬼畫符了?!超沒眼光的！

朱小谷將藥遞給顏末，並朝顏末擠了擠眼睛。「顏公子覺得姚琪那些人如何？」

「我不想對他們作過多評價。」顏末抿了抿唇。「只有一點，他們不是凶手，但卻是始作俑者，只要這些人得不到教訓，郭賓鴻和任修文的悲劇還會重演。」

「怎麼會得不到教訓呢。」朱小谷笑著回答道。

「嗯？什麼意思？」顏末神色一動。「難道你家大人……」

「顏公子看著就是了。」朱小谷狡黠的笑了笑，隨即糾正顏末。「還有，不是我家大人，是我們家大人，大人那麼好，顏公子要儘早適應自己的身分才行啊。」

顏末吐槽。「……」你是你家大人的腦殘粉吧？

第二天一早，顏末被朱小谷騷擾著，不得不去跟邢陌言學練字。

走過大理寺一處後院，顏末聽到了小孩子的笑鬧聲，而且顯然不止一個孩子，她愣了愣，問道：「大理寺怎麼會有孩子？難道是你……咱們家大人的孩子？」
朱小谷嗆了一聲，瞪大眼睛。「怎麼可能，大人還沒成親好不好，我們大人清清白白一個人，身邊一個女人都沒有，顏公子，您可不要亂說，玷污大人清白！」
顏末一頓。「……」哦，她怎麼忘了，邢陌言這人極其厭惡女人，這兩天住在大理寺，好像也沒見到過任何一個丫鬟婢女。「那這些孩子是哪來的？」
朱小谷嘆了口氣。「這些都是被害者的遺孤，大人見他們孤苦無依，就將他們留在大理寺了。」
「被害者遺孤？」顏末皺了皺眉，但見朱小谷不想繼續說下去，也就沒再往下問。
不過這再一次刷新了她對邢陌言的瞭解和認知，這人雖然嘴巴毒了些，可為人還不錯。

第六章

但是這樣的想法，在邢陌言指導顏末練字的時候，就完全被顏末拋到了大洋彼岸。

「你連最基本的握筆姿勢都不會？怎麼這麼蠢？」

「看好了，這樣拿著，請將你的雞爪扳正。」

「你是不是早上沒吃飯？胳膊這麼無力，還是不是個男人了？」

顏末額角青筋直蹦，她當然不是個男人！但這話不能說出來，她只能繼續憋屈著聽訓。

良久，邢陌言也訓得口渴了，他端起茶喝了一口，淡淡道：「以後每天十幅大字，晚上交給我。」

顏末不可置信的看著邢陌言。「十幅大字?!」

「不然十五幅？」邢陌言挑眉道。

顏末咬牙。「那還是十幅大字吧。」看在這人目前是她衣食父母的分上，她忍！

「哦，對了，要是寫得不好……」邢陌言勾起嘴角。「那就得重寫。」

顏末沉默。「……」

在被寫大字折磨的這幾天中，顏末接收到了不少消息。

比如任修文被判年後處斬。

比如姚琪四個人，因為不敬朝廷命官，加上侮辱死者，被皇帝點名責罵，說他們有辱國子監門楣，除了姚琪，另外三個人直接被轟出了國子監。

當然，姚琪也沒討到好，他雖然還保留著國子監的監生名額，但目前被禁足在家，也不知道什麼時候可以解禁，而且聽說姚琪還被狠狠打了一頓，在床上躺了好些天。

果真讓朱小谷說中了，就是不知道邢陌言在這其中施了多大力氣。

不過，管他呢，知道這四個人得到了教訓，顏末就連寫大字都開心起來，忍不住哼起了歌。

「來左邊兒，跟我一起畫個龍～～在你右邊兒，畫一道彩虹～～

「來左邊兒，跟我一起畫彩虹～～在你右邊兒，再畫個龍～～

「在你胸口上比劃一個邢陌言，左邊兒右邊兒搖搖頭～～」

「這是什麼歌，也太……太有……怎麼說呢？」

突如其來的聲音，嚇了顏末一跳，她立即抬起頭，就看到迎面走來的鍾誠均、陸鴻飛，還有……邢陌言。

鍾誠均滿臉新奇又困惑，嘴裡還哼起了剛才的歌詞。「在你胸口比劃一個邢陌言，左邊兒右邊兒搖搖頭～～哈哈哈，好玩，朗朗上口，不過有點奇怪，為什麼要在胸口上比劃陌言？怎麼比劃？」

說著，鍾誠均還真拿手在自己胸口比劃了兩下。

顏末一怒。「……」比劃你妹，那麼多句，你幹麼只哼唱這一句?!

「這是什麼歌？」相比起鍾誠均新奇困惑的神色，陸鴻飛的神色則有些難以言表，對於從小到大連戲曲都很少聽的人來說，這首突如其來的歌，給他的衝擊太大了。

顏末尷尬的摸了摸鼻子，下意識回答道：「野狼……呃……」

「嗯？你罵陌言是野狼？」鍾誠均嘖嘖兩聲，故意挑事。「哎，顏小末，你人雖然矮，膽子卻挺大，敢如此非議你上司，不得了，不得了！」

顏末吐槽。「……」你哪隻耳朵聽到我罵邢陌言了?!能不能別給人亂扣帽子！

「呵。」邢陌言一直面無表情的臉終於有了一絲變化，嘴角勾起。「看來還是大字寫得少，不然……」

「大人！」顏末高喊一聲，制止道。「我突然想起來，有一個東西想送給大人，就是那副手銬。」

邢陌言挑眉。「本官可不接受賄賂。」

「這怎麼是賄賂呢？」顏末皮笑肉不笑道。「是為了讓大理寺抓捕犯人時更方便，如果能將手銬大量製作出來，衙役們也能省下不少力氣，這是造福大家嘛，大家好，才是真的好。」

「嗯，說得有道理。」邢陌言好似被說服了一樣，一臉認同的點點頭。

顏末無言。「……」

「對了，顏小末，我們來這裡是為了問你，去聽戲嗎？」鍾誠均開口問道。「聽說前幾天從江南來了一個有名的戲班，幾乎場場爆滿，鑒於你破案有功，大人想請你去看戲。」

邢陌言矜持的點了點頭。

這莫不是傳說中的打個棍子給個甜棗？

不過有便宜不占是傻子，顏末自然點頭同意。

邢陌言道：「那你準備準備，下午我們出發。」

離開顏末的院子，鍾誠均湊到邢陌言旁邊。「怎麼樣？」

邢陌言擺弄著手裡的手銬，瞇起眼笑了笑。「很不錯。」

鍾誠均神色興奮的搓搓手。「那下次輪到你幫我把顏小末那個暗器弄到手，上次他到底是怎麼用那東西射中任修文小腿的？我太想研究一下了！」

「幫你是可以，」邢陌言收起手銬，淡漠道。「但我要先研究。」

「喂，不來這樣的！」鍾誠均不滿道。

陸鴻飛無言的看著邢陌言和鍾誠均兩人。「你們兩個想研究，不能大大方方的找顏末要嗎？」

鍾誠均道：「誒？顏小末會給嗎？」

「誰知道。」陸鴻飛聳聳肩。「不過他既然投到陌言門下，應該不會拒絕。」
「那可不一定。」邢陌言勾起嘴角。「他可不是乖乖聽話的那種人，而且，直接要過來的東西多沒意思，這樣才更有趣，不是嗎？」

下午，天上竟然下起了絨絨細雪，氣溫降低了些，顏末給自己多加了一件衣服。
穿衣服的時候，她突然想起一件事，現在是冬天，衣服厚，她還能掩蓋住自己的身材，但等到明年開春，甚至夏天，衣服變薄了，她要怎麼辦？
而且，她總不能一輩子都女扮男裝吧。
顏末咬了咬唇，最終也沒能想出一個好辦法，只能先將這個問題壓在心底。
快步走向門口，呼出的氣都化成了白霧，空氣清爽，有股乾淨的味道。

顏末老遠就聽到前面傳來朱小谷的聲音，還有小孩子的笑鬧聲。
走近了，發現門口不僅有邢陌言等人，還有朱小谷和三個圓滾滾的小孩子。
三個都是小男孩，臉蛋圓嘟嘟，笑著的模樣異常可愛，可見被養得很好。
「哎，顏公子，你來了啊。」朱小谷第一個看到顏末，拖著腿部三個掛件，艱難的往顏末這邊走了一步。「你們三個，快來跟顏末哥哥認識一下，都介紹介紹自己。」
被三雙好奇的圓眼睛看著，顏末忍不住露出一抹笑容。

「啊，漂亮姊姊。」三個小男孩中最矮的那個，突然笑著朝顏末拍手掌，清亮的小嗓子瞬間吸引了所有人的注意力。

顏末心裡咯噔一下，瞬間感覺背脊發涼，這孩子怎麼看出來的?!

「豌豆，你搞錯了，沒聽小谷哥哥說這是哥哥嗎？」個頭最高的那個拍了下豌豆的腦袋，一本正經道：「雖然顏末哥哥長得比小谷哥哥好看很多，但也不是姊姊，應該是漂亮哥哥才對。」

豌豆啃著手指，看著顏末歪歪頭，眼神有些困惑不解。

「豆芽，我是有多難看？」朱小谷不滿道。

豆芽哼了一聲。「你一天不給我彈弓，都是最最最難看的那個！」

「哥哥好。」這時，個頭中等的小男孩朝顏末鞠了一躬，笑得可甜可甜。「我叫蒜苗。」

「你好，呵呵……你們好。」大冷的天，顏末出了一層冷汗。

朱小谷挨個按頭，個頭由高到低介紹道：「顏公子，他們分別叫豆芽、蒜苗、豌豆，沒有大名，大人說等他們長到十歲，自己取名，您這樣叫他們就行了。」

顏末微微挑了下眉，沒說什麼，只點頭應是。

「顏小末，你包得跟頭熊似的，看起來個頭更小了，哈哈哈……」鍾誠均在旁邊不客氣嘲笑道。

顏末道：「鍾大人，我個頭再小，也能把你打趴下！」

「咳……咳咳……」鍾誠均嗆了一聲，一臉驚奇。「哎，你這回終於反駁我了？」

「我怕再不反駁您，這句話就該成您的口頭禪了。」真當她沒脾氣是嗎，顏末笑著回嗆。「我倒是不介意您嘴裡一直念叨我，但您不怕家裡人吃味嗎？」

這些天，她可是知道鍾誠均有一位未婚妻，是翰林院掌院家的千金。

「什麼家裡人……」鍾誠均撓撓臉頰，難得有些羞赧，小聲嘀咕。「你……咳，你可別亂說，還不是呢……嗯？等等，你說你能把我打趴下？」

顏末挑釁的看著鍾誠均。「鍾大人，您確實沒聽錯。」

鍾誠均嗤笑一聲。「說大話誰不會，不然我們來比劃兩下，我……」

「行了。」邢陌言打斷兩人。「想打回來再說，別耽誤時間了。」

大領導發話，顏末和鍾誠均只好乖乖應是。

戲班子在城西，那裡有很多娛樂場所，再往偏西的地方走，更有賭坊青樓等場所。

顏末聽朱小谷介紹青樓的時候，眼裡滿是好奇。「真的有青樓？」

「那還有假。」朱小谷湊近顏末，跟說小秘密一樣。「不僅有青樓，還有南風館呢。」

顏末點點頭，突然問道：「你家大人厭惡女人，那你家大人去過南風館嗎？」

「咳咳咳！」朱小谷咳得驚天動地，一臉駭然的看著顏末，嘴裡噼哩啪啦道：「顏公子，你為什麼老是詆毀我家大人?!上次說大人未婚有子，這次還說大人去……去……我們大人清清白白一個人，身邊一個女人都沒有，男人更不可能！顏公子，您可不要亂說，玷污大人清白！」

顏末心下一忖，最後那幾句話，聽著怎那麼耳熟，你這是粉絲專有文案吧？

見邢陌言往他們這邊看了兩眼，眉頭都皺了起來，顏末生怕這大野狼又將她的東西騙走，連忙扯了把朱小谷，告饒道：「行了，我錯了，我以後再也不亂說你家大人了。」

朱小谷哼哼一聲。「這還差不多。」

「不過……你家大人難道還是童子雞？」顏末狡黠的朝朱小谷笑了笑，趕在朱小谷說話之前開口。「哎，這可不是我亂說的了，是我根據你說的話推斷出來的，你說你家大人身邊女人男人都沒有，可不就是……唔……」

朱小谷上前捂住顏末的嘴，這回輪到他告饒。「顏公子，我怕了你，事關男人尊嚴，給我家大人留點面子！」

顏末眨眨眼，這意思……難道是邢陌言不行？也難怪了，怪不得身邊沒有人。

如果朱小谷知道他的話讓顏末誤會更深，恐怕連哭的地方都沒有了。

這一路走過去，顏末第一次好好打量城中的一切。

這裡不愧是京城，哪怕下著雪，街上還是很多人。

邢陌言、鍾誠均和陸鴻飛三人走在前面，顏末和朱小谷在他們身後閒聊，還有三個小孩子，一直在他們身邊繞著跑鬧，這樣的情景，是之前顏末不敢想的畫面。

在寒冷的冬天，也有種溫暖感。

這時候，邢陌言突然回頭。「顏末。」

顏末愣了一下，有些疑惑。「什麼事，大人？」

「今天沒寫完的大字，晚上記得回去繼續寫。」邢陌言勾起一抹惡劣的笑容。「別以為今天看戲就能躲過寫大字。」

顏末。「……那我可以現在回去寫嗎，戲我不看了。」

「不行。」邢陌言一秒冷漠。「桌席訂了，錢都花出去了，除非你拿東西抵給我。」

「大人，你缺那點錢嗎？」顏末不敢置信，堂堂大理寺卿，竟然公然敲詐她這個小衙役，還有沒有天理了！

「很缺。」邢陌言理直氣壯的點頭。「不過你要是沒錢，也可以拿……」

「不可以。」顏末一秒拒絕。「我還是等晚上回去寫大字吧。」還想覬覦她的東西，沒門。

邢陌言無言。「……」

這個寒冷的冬天，真是一點都不溫暖呢，哼。

第七章

從江南來的戲班名叫瑞雅班，班主馮沙，是個三十多歲的男人。

此時馮沙正帶著恭維的笑容親自接待他們。「各位大人們，這邊請。」

邢陌言訂的是包廂，位置好，不受打擾，看戲很舒服。

「今兒這場戲是《貴妃醉酒》經典戲目，扮演貴妃的可是我們當紅花旦……」

當紅花旦唐曼寧——走進場地的時候，他們就聽見好多人在議論這個名字，可見是真的火。

沒多久，好戲開場，唐曼寧上臺的時候，瞬間滿場喝彩，那水嫩嫩的模樣，加上天生一副好嗓子，戲唱得也有模有樣，連顏末這種常聽現代歌曲的人，都聽得有滋有味。

聽戲的時候，鍾誠均像是看到了什麼，突然站了起來。

「怎麼了？」陸鴻飛納悶的看著鍾誠均。

「我去抓個人過來。」鍾誠均咬咬牙，丟下這句話，匆匆忙忙就跑了出去。

等他回來的時候，身邊竟然跟著一位清秀可人的姑娘。

「江月給邢大人、陸大人，還有這位公子請安了。」

顏末眨眨眼，被這位姑娘的聲音撩到了。

雖然這位姑娘長相也不差，看著令人很舒服，但她的聲音實在更令人驚豔，清潤溫柔，透亮明澈，像是一汪清泉，沁入心脾，如一股暖風，讓人萬分享受。

「這位是顏末，顏公子。」鍾誠均互相給兩人做介紹。「顏末，這位是江月，是我……咳，是翰林院掌院的千金。」

「也是誠均的未婚妻。」江月溫柔一笑，落落大方，不過她看向顏末的目光中有幾分困惑。

鍾誠均嘴角的笑意忍都忍不住。

「江小姐自己一個人來的嗎？」顏末有些好奇的問道，因為她沒見到這位江小姐身邊有跟著其他人，雖然大瀚朝民風開放，但一名大家閨秀膽敢一個人出來，也著實令人驚訝。

「說到這個，我差點忘了問……」鍾誠均看向江月，一臉不認同的神色，語氣略微急躁。「妳怎麼又自己跑出來了？竟然還一個人跑到戲班子這種地方，也不看看來這裡的都是些什麼人，萬一有人見妳……妳遇到了危險怎麼辦？」

江月溫柔透亮的眸子一彎。「誠均，你覺得邢大人和陸大人都是什麼人？顏公子是什麼人？你又是什麼人？為什麼你能來，我卻不能來？」

邢陌言喝了口茶，淡淡道：「是啊，我也想知道，來這裡的我們都是些什麼人。」

陸鴻飛呵呵一聲。

顏末不置可否。

「呃……我不是那個意思，我是說，咳……」鍾誠均摸摸鼻子。「那什麼，月月不是女孩子嘛，我怕她一個人出來會吃虧，所以才口不擇言了些，各位見諒見諒。」

邢陌言。「你會吃虧，江姑娘都不會吃虧。」

「這話怎麼說？」顏末有些好奇。

江月柔柔一笑。「邢大人是在開玩笑，我一個小女子，怎麼能比得上誠均呢。」

鍾誠均被誇得不免心花怒放，剛才那點質問，立即就拋到一邊去了。

顏末見狀，不免覺得好笑，這位叫江月的姑娘，表面上看起來溫溫柔柔的樣子，實際上把鍾誠均吃得死死的，不過這兩人看起來是真的很互補，也很般配。

江月在鍾誠均旁邊落坐，另一邊就是顏末。

聽戲期間，顏末總能感覺到江月在打量她，而且不是那種偷偷摸摸的打量，而是光明正大的看，被她發現之後，江月也不尷尬，反而落落大方的趁此機會和她閒聊。

平時喜歡吃什麼——大烙餅。

平時喜歡做什麼——查案。

平時喜歡聊什麼——案情。

顏末。「……」

越聊，顏末越迷惑，這位江小姐到底想要幹什麼？

沒看到妳旁邊的未婚夫都快用眼神殺死她了嗎？就連邢陌言和陸鴻飛都是一副搞不清楚狀況的樣子，唯一不被影響的，恐怕就是三個小孩子了。

《貴妃醉酒》結束，中場休息的時候，顏末趁此機會，找了個藉口溜了出來。她正想去如廁，還好古代的廁所不分男女，不然光衝著這一點，她可能早就暴露女兒身了。

不過從廁所出來，顏末看到了江月……這是揪著她不放了？

「江小姐，妳到底……」顏末深吸一口氣，決定問清楚。

「顏公子，恕我冒昧，如果搞不清楚一件事情，我會睡不著覺。」江月抱歉的看著顏末，勾唇笑道。「本來是想在包廂就問的，但我怕這是你的秘密，你說呢，顏……姑娘？」

顏末瞪大眼睛。

「看來我猜得沒錯。」江月這回徹底笑開，大概猜對了很高興。「還真的是一位姑娘呢，我說尋常男子不可能這麼矮，還有這麼好的身材比例。」

顏末終於明白什麼叫不是一家人，不進一家門，難怪這位江姑娘會成為鍾誠均的未婚妻……不過就衝最後一句話，比鍾誠均強那麼一絲絲。

「妳是怎麼知道的？」顏末摸了摸自己的臉。「我的偽裝……」

「妳的偽裝非常完美，不用擔心。」江月笑著指了指顏末的手和胳膊等處。「雖然男子也有這麼矮的身高，但男子和女子的骨頭關節畢竟不一樣粗細，顏姑娘……還是叫顏公子吧，以免害妳暴露身分——顏公子的骨頭關節都很細，這點讓我覺得很奇怪，這不一試探，妳的表情就出賣妳了。」

顏末捂住額頭，不得不承認，她今天竟然栽到了一個小女子手上。

「妳學醫？」顏末有些好奇，不然為什麼會注意到她的骨頭關節和男子有區別。

江月搖頭。「也不算學醫，我學的是驗屍，不過多多少少會接觸一些醫學知識。」

顏末這回是真的驚了，她不禁睜大眼睛。「妳想當仵作嗎？」

這位江姑娘真的是古代人？以一女子的身分，而且出身還不低，竟然對仵作驗屍感興趣，實在太令人困惑不解，也太令人震撼驚訝，但同時，顏末也真的佩服這位與眾不同的女子。

「是想要當仵作。」江月笑道。「對了，顏公子，我的師父，妳應該認識，就是孔鴻孔先生。」

「嗯，我認識……」顏末突然想到了什麼，驚恐道：「妳都能看出來，那妳師父……」

「師父應該也看出來了。」江月笑咪咪的看著顏末，安撫道：「不過妳放心，師父他從來都不是個話多的人，他只喜歡驗屍，眼裡也只有屍體，至於其他的事情，師父都不在意。」

顏末道：「那就好，謝……」

「不過妳有把柄在我們手上了哦。」江月溫柔開口道。

顏末一噎。「……」

和江月一起往回走，顏末好奇問她，就這麼出來，難道不怕鍾誠均誤會嗎？

「我和他說想去看看唐曼寧，和唐曼寧比一比，看我們兩個的嗓子哪個更好。」江月摸了摸自己的喉嚨。「聽人說唐曼寧的嗓子猶如天籟，我覺得自己也不差。」

「噗——」顏末忍不住笑出聲，覺得江月真有趣。「可是妳又不喜歡唱戲，也不用唱戲。」

這樣對比有什麼必要嗎？

江月竟然有些害羞。「實不相瞞，當初我就是憑這把嗓子，吸引了誠均的注意。」

顏末恍然大悟，原來是怕心上人被其他嗓音勾去。

「不用擔心，我看得出來，鍾大人很在意妳。」

江月露出甜蜜的笑容。「我知道，他……」

「啪嗒——」

一聲脆響，打斷了江月的話，兩人聞聲看過去，竟然見到了剛才在討論的唐曼寧。

此時唐曼寧仍舊穿著戲服，臉上妝容未卸，正低著頭，不知所措的站在原地，她面前是一位年約三十來歲的女人，風韻猶存，能看出年輕時有多貌美。

但此時女人臉上的神色非常難看，她看著地上的碎片一言不發。

「乾娘……實在抱歉，我不是故意的。」唐曼寧咬著嘴唇，表情很愧疚。「要不然我再給您買一個花瓶吧，今天我又掙了很多錢，可以買……」

「不用了。」女人冷淡的回了句，不再與唐曼寧說話，轉身離開了。

唐曼寧待在原地怔了半晌，有些難過的低下頭。

「妳沒事吧？」江月走上去問道。

唐曼寧嚇了一跳，此時才注意到江月和顏末。

被人看到剛才的情景，她似乎有些不好意思，絞著手帕，低頭小聲道：「我……我沒事，只是不小心摔碎了乾娘心愛的花瓶，惹乾娘生氣了。」

沒想到唐曼寧私底下竟然是個害羞內斂的姑娘，一點也沒有在臺上放得那麼開的樣子。

顏末低頭看了看碎成一地的花瓶。「這個花瓶對妳乾娘很重要嗎？」

「是啊，乾娘經常把玩這個花瓶。」唐曼寧說著，便蹲下身，打算將花瓶碎片拾起來。

江月和顏末互相看了一眼，都不約而同地蹲下幫忙。

「啊，謝謝你們。」感受到兩人的好意，唐曼寧的話不由得多了起來。「乾娘以前也是很有名的花旦呢，有一次花旦評選，乾娘還拿了第一，這個花瓶就是當時的獎賞之一，乾娘很喜歡，可惜現在被我不小心摔碎了……」

顏末道：「這個花瓶怎麼被拿出來了？」

「乾娘想讓我擦拭一下。」唐曼寧苦著臉。「可惜我笨手笨腳，沒拿穩……乾娘一定很生氣。」

見唐曼寧一直愧疚不安，江月不由安慰道：「沒事，妳乾娘也不會一直生女兒的氣。」

「希望如此。」唐曼寧點點頭。「你們真是好人。」

顏末在心裡失笑，覺得這姑娘的性子還真單純。

前面才剛經歷過江月小姊姊的套路，她現在格外喜歡這個單純的小姑娘，而且唱戲還唱得真好聽，如果她現在不是女扮男裝，需要保持距離，真想親親熱熱跟她交個朋友。

「嗯？曼寧，妳在這兒幹什麼呢？」班主馮沙出現，立刻跑到唐曼寧身邊。「快快快，別撿了，把妳的小手劃傷了可怎麼辦？」

馮沙一邊說著話，一邊伸手握住唐曼寧的手，順便將唐曼寧扶了起來，狀似親密。

但唐曼寧隱隱有些抗拒的樣子，手掙動了一下。「班主，這裡有兩位客人。」

「哎，瞧我，沒注意。」馮沙拍了拍額頭，跟江月還有顏末問好，手這才放開了唐曼寧，但不等江月和顏末說什麼，馮沙又催促唐曼寧去後臺準備，下一場戲就要開始了。

「可這花瓶……」唐曼寧有些猶豫。

馮沙道：「我讓人過來收拾，妳去準備上臺。」

唐曼寧無法，只好轉身離開，之後馮沙又和江月與顏末告罪，也轉身離開了。

這是怕他們多管閒事吧。

等兩人一起回到包廂，鍾誠均眼睛都瞪大了。「你們兩個怎麼一起回來？孤男寡女的……」

「正巧碰上了。」江月坐到鍾誠均旁邊。「你不會連顏公子的醋都吃吧，好酸啊！」

顏末一愣。什麼意思，聽著好像沒必要吃她的醋，她雖女扮男裝，好歹也是翩翩佳公子一枚吧？

「也對。」鍾誠均突然壞笑了一下。「畢竟顏末只比妳高半個頭，實在不般配。」

顏末無語。「……」

外面的雪越下越大，已經飛成了鵝毛大雪，三個小朋友連戲都不看了，一個個趴在窗戶旁看雪，一臉驚奇，還伸出手到窗外去接雪花。

顏末也一臉好奇，跟著三個小孩兒站在窗戶邊，她雖然是北方人，但在現代也沒有見過這麼大的雪，而且，真是冷啊，窗戶才開這麼一小會兒，她已經凍得想流鼻涕。

第八章

見幾個孩子的小臉也凍得通紅，顏末連忙逐一拍拍頭。「把窗戶關上吧，一會兒我們就回去了，回去的路上還能看雪。」

豌豆個子最矮，也最聽話，笑咪咪的就想踮著腳去關窗戶，可惜他手太短，根本搆不到。

豆芽個頭最高，勉強能搆到，但是他還想再看一會兒雪，於是哀求著顏末，再等一會兒。

顏末有些猶豫。

蒜苗站在兩個人中間，拉了拉豆芽的衣袖，輕聲道：「哥哥，等回去我們一起打雪仗吧？」

豆芽一下子被吸引了注意力，連忙和兩個小夥伴商量要怎麼玩。

顏末挑挑眉，不由得笑了起來，這三個小孩兒真好玩。

等到他們回去時，地上已經積了厚厚一層雪，一腳下去，能踩出個坑。

三個小孩兒徹底撒了歡，顏末就在後面看著三個小孩兒瘋跑，滿臉笑意。

「怎麼不去和他們一起玩？」邢陌言抱著雙臂，走到顏末身邊。

顏末有些驚訝。「我？我都多大的人了，小谷都沒跟上去玩。」她就算想，也不好意思跟上去。

「第一次見這麼大的雪？」

話題拐得有些快，顏末下意識點頭。「是啊，我們那裡……」

她轉頭看向邢陌言，心想這男人也太奸詐了，不要臉。

邢陌言愉悅的勾起嘴角。「聽戲也是一臉新奇，以前過得很苦？」

「一點也不苦，我只是很少……」差點又掉進陷阱裡！

「我很好奇。」邢陌言眸子幽深的看著顏末。「對你，我很感興趣。」

顏末。「……」

顏末發誓，她真的沒臉紅，就是心跳得有些快，不得不承認，邢陌言雖然心眼多，脾氣壞，嘴巴毒，但人是真的好看，認真看著一個人的時候，彷彿眼裡都是對方，讓人不敢直視。

鍾誠均送江月回家，三個小孩兒和朱小谷一起在打雪仗，陸鴻飛去書房看卷宗，邢陌言不知道忙什麼去了，總之到晚飯前都沒見人影。

顏末……她回房間寫大字。

寫著寫著，顏末突然僵硬了一下，因為她發現，大姨媽來了。

大姨媽這種東西，她都快忘了，來到這個世界後，整天提心吊膽，想各種事情，誰還會關注一個大姨媽，但是大姨媽總會到，遲到也會到，在妳想不起來的時候，盡職盡責的刷著存在感。

怎麼辦？大理寺可就她一個女人！

顏末找不到能夠代替衛生棉的東西，她轉了兩圈，扭頭看向桌上還未用的宣紙……

第二天，邢陌言要檢查顏末的大字。

「呃……」顏末朝邢陌言露出略帶討好的微笑。「其實吧，我寫了，但是吧……」

邢陌言掀掀眼皮。「但是什麼？」

「咳，出了點小意外。」顏末破罐子破摔。「我拿不出來。」

「那你……」

「大人！不好了，出事了！」朱小谷的聲音響起，下一秒，人就出現在書房。

顏末就差給朱小谷鼓掌了，這孩子簡直是小天使。

書房的氣氛不對，朱小谷敏感的察覺到了，不過看不出來為什麼，他撓撓頭，有些疑惑。

「出什麼事了？」邢陌言冷著臉問道。「我看你的樣子也不是很著急。」

「啊，不是，出人命了！」朱小谷臉色有些複雜。「瑞雅班的花旦死了，事情牽扯到了二皇子殿下。」

「什麼?!你說誰死了？」顏末瞪大眼睛，一臉不可置信。「瑞雅班的花旦？」

朱小谷嘆了口氣，點點頭，也覺得有些可惜，那麼年輕的姑娘。「就是那個唐曼寧。」

因為這個案子牽扯到二皇子邵安行，所以邢陌言親自去了現場，顏末等人隨行。

一路趕過去，顏末腦海裡一直閃現昨天和唐曼寧交談的畫面，那麼害羞內斂的姑娘……

朱小谷沒說唐曼寧的死因，顯得有些難以啟齒，只說到現場就知道了。

顏末當時心裡就咯噔一下，等到了凶案現場——唐曼寧的房間，她才知道為什麼朱小谷不好開口，因為唐曼寧是被姦殺的。

衣不蔽體，頭部被砸爛，顏末只看了一眼，就不忍心的扭過了頭。

她看過那麼多屍體，不怕，但不忍心。

江月一身俐落打扮，正在房間幫唐曼寧整理儀容。

她臉色嚴肅，嘴唇緊抿，顯然也有些無法接受這個事實。

那樣一個鮮活的生命，昨天還和她們說話，今天就死得這樣慘，只能道一聲世事無常。

因為男女有別，邢陌言等人也沒進去，只在房門外面等著。

「誰是第一目擊者？」顏末迫切想要瞭解一些線索。

「第一個發現屍體的人嗎？」朱小谷指了指那邊正在哭的人。「是唐曼寧的乾娘。」

唐曼寧的乾娘叫黃婭，三十二歲，至今尚未成親。

在唐曼寧十歲的時候，黃婭收養了她，並一直教導唐曼寧唱戲。

一年前，黃婭從花旦的位置上退居幕後，由唐曼寧頂上，大概唐曼寧天生就是吃這行飯的，她成了花旦之後，竟然將瑞雅班又推到了一個新的高度。

此時不只黃婭在哭，馮沙也在哭。

「我的曼寧啊，妳怎麼就去了呢?!到底是哪個天殺的要這樣害妳！」馮沙乾嚎，沒掉眼淚，雖然表情沈痛，但看上去更心痛瑞雅班之後的發展。「妳死了，瑞雅班可怎麼辦啊……」

「瑞雅班、瑞雅班……你心裡只有瑞雅班！曼寧是我們從小看著長大的，難道你不心疼她嗎?!」黃婭聽到馮沙這樣說，立即抬起頭來怒罵。「當務之急，是要將凶手繩之以法！」

「我怎麼不心疼……」

兩人開始爭吵起來。

「夠了！」邢陌言冷聲呵斥了一句，全場瞬間安靜。

顏末看向邢陌言。「大人，可否由我來？」

邢陌言點了點頭。

顏末看向朱小谷。「小谷，幫我準備一個安靜的房間，放置一張桌子、兩個凳子即可，將與案情有關的人分開，別讓他們待在一起，然後一個個送進房間就行。」

朱小谷點頭，又有些擔心。「顏公子，你該不會要對他們……動用私刑吧？」

「怎麼可能。」顏末搖搖頭。「只是問話罷了。」

不過關於涉案者二皇子，顏末就沒資格問話了。

而且二皇子都沒出現在這裡，所以只能由邢陌言去瞭解情況。

在問話之前，顏末向江月瞭解了一下唐曼寧的情況。

「頭部的傷是致命傷，身上沒有其他傷痕，是先姦後殺。」江月嘆了口氣。「未找到凶器。」

顏末問：「沒有找到凶器嗎？」

江月點點頭。「嗯，所以無法定二皇子的罪，雖然二皇子在凶案現場被人當場發現。」

二皇子邵安行，在凶案現場被馮沙發現的時候，唐曼寧已經死了。

顏末先審問了馮沙，據馮沙交代，他昨天晚上去找唐曼寧，卻見有一個男人在唐曼寧房裡。

「當時我就覺得不對，那男的神色有些慌亂，想走，我便扯著他不放，然後……」馮沙一臉悲傷。「然後我就發現曼寧已經死了，還那樣慘……那個男的一定是凶手，大人，你不要放過他！」

顏末沒應聲，反而問道：「為什麼晚上你要去一個姑娘的房間找她？」

馮沙臉色頓時僵住，支支吾吾的，表情有些慌亂。「這個……我……我是想找她聊聊唱戲的事情，前陣子，她突然和我說，再唱幾場就不想唱了，這我怎麼可能同意，她可是我們瑞雅班的臺柱，如果她走了，瑞雅班也就完了，我們還有這麼多人等著吃飯……」

「那完全可以白天去聊這個事情。」顏末打斷馮沙的話。

馮沙躲避著顏末的眼神，不知道為什麼，在這個空蕩蕩的房間，只有他和顏末兩人，看顏末那張嚴肅的臉，他竟然覺得非常心慌緊張。「白天她要上臺唱戲……」

馮沙有嫌疑，他對唐曼寧有那種心思，控制不住自己，對唐曼寧犯下禽獸行為後，失手殺人也說得過去，但顏末覺得馮沙過失殺人的可能性不大。

因為比起冒犯唐曼寧，顯然讓唐曼寧給他掙錢，對馮沙來說意義更大。

下一個是黃婭……

顏末一共審訊了和唐曼寧關係最為密切的三個人。

這三個人，一個是晚上來找唐曼寧的馮沙，一個是唐曼寧的貼身丫鬟柳萃，還有一個就是唐曼寧的乾娘黃婭，到目前為止，只證實馮沙在唐曼寧下戲之後來找過她。

初步推斷，唐曼寧應該是剛死不久，便被馮沙發現，因此也不能排除二皇子的嫌疑。

「昨天晚上，妳見過唐曼寧嗎？」顏末看著黃婭，這個風韻猶存的女人，臉色有些憔悴。

黃婭搖搖頭，神情悲傷，眼神恍惚，不知道在想些什麼，似乎不願意說話。

「唐曼寧的死，對妳打擊很大？」顏末又問。

「大人，你這是什麼意思？」黃婭這時候轉過頭看顏末。「她可是我一手帶大的孩子，如今慘遭橫死，難道你覺得我會不傷心?!曼寧的死，當然對我打擊很大！」

顏末說：「抱歉，我只是覺得，妳好像並不願意和我交談，我以為妳不想快些找出凶手……」

「我當然想要快點找出凶手！」黃婭的語氣更有些急。「但是我什麼都不知道啊，您叫我過來問話，我也沒什麼能說的，只希望大人不要將時間浪費在我這種無關緊要的人身上，找出凶手要緊！」

顏末未搭腔，又問了其他問題，黃婭的臉色雖然不好，但礙於顏末的身分，還是都一一回答了。

最後一個人是柳萃，個子高挑，身段好，就是長相寡淡，不太出彩，她臉色並未見有多悲傷，彷彿不怎麼在意唐曼寧的死，相比於悲傷的情緒，好像感慨的情緒更多一些。

「我才伺候她兩個月。」柳萃稱呼唐曼寧為「她」，並非小姐。

顏末笑了笑，但笑意並未達眼底。「妳的意思是，妳什麼都不知道，叫我不要問妳？還是在暗示我說，妳伺候唐曼寧的時間不長，並沒有殺她的動機？」

見顏末是這種態度，柳萃有些拘謹瑟縮，尷尬笑笑。「大人，你想多了，我就那樣一說。」

「作為唐曼寧的貼身丫鬟，昨天晚上，妳為什麼沒在唐曼寧身邊？」

柳萃撫了撫頭髮。「啊，那個，我……我和她……和小姐鬧了點彆扭，所以我就走了。」

顏末瞇了瞇眼睛。「後來沒再回去？」

「沒……」柳萃低下頭說道。

顏末問了下具體時間，柳萃是在馮沙來之前走的，所以她的嫌疑也很大。

「顏公子，你談完了？」朱小谷見顏末出來，連忙上前問道。

顏末搖搖頭。「還要和其他人去聊聊。」

三個人和唐曼寧的關係究竟如何，是否有矛盾，這些從別人口中打聽出來才更客觀。

現在看來，柳萃對唐曼寧不滿，馮沙對唐曼寧有小心思，黃婭與二皇子好似和唐曼寧沒什麼恩怨，但這兩人，一個表現有些奇怪，一個出現在凶案現場，都洗不清嫌疑。

唐曼寧的屍體被送到了大理寺，邢陌言等人也跟著回大理寺。

顏末想找江月瞭解一下唐曼寧屍體的情況，就在後面和江月談話。

到了大理寺門口，邢陌言回頭叫顏末，想要交換一下收集到的線索。

顏末應了一聲，就想跑過去，結果被江月一把扯住了胳膊。

「等等！」江月的聲音突然變得有些緊張。

顏末不明所以的回頭。「怎麼了？」

江月將顏末扯到跟前，也顧不得在場有其他人，連忙用氣音道：「妳後面落紅了！」

顏末瞪大眼睛。

靠！

「你們在幹什麼?!」鍾誠均回頭看到這一幕，頓時大吼一聲。「顏末！」

他大步走過來，抬手就要攻擊顏末。

「誠均，別！」

第九章

聽到江月還護著顏末，鍾誠均臉色更是臭得不行，根本沒辦法冷靜，也不可能聽話。

顏末將江月推開，自己迎上，雙手一抬，就架住了鍾誠均的胳膊。

鍾誠均眼睛一亮，攻勢越發迅猛，他身材高大，力氣也大，相比起來，顏末比鍾誠均矮一個頭，但是兩人看上去卻勢均力敵，而且顏末一點都不怵鍾誠均的強悍攻擊。

朱小谷驚訝的張開嘴。「顏公子力氣這麼大嗎？竟然能接住鍾大人的招。」

「你這是什麼招式？」鍾誠均越打越興奮，他出生定國公府，是定國公次子，從小舞刀弄槍，接觸的招式各式各樣，還從未見過顏末這樣的出招方式。

快、準、狠，還精簡有力，角度刁鑽，能一下制住人，要不是他經驗豐富，恐怕就被顏末制住了，不過也有好幾次差點沒反應過來。

顏末心裡憋著股氣，此時和鍾誠均對打，一股氣全撒了出來，打得酣暢淋漓。「告訴你，你也不知道。」

鍾誠均哼了一聲，出招越來越快。

顏末連退幾步，臉上也並未見慌亂的神色，她沈著的瞇了瞇眼睛，利用身高的「優勢」，一個閃身來到了鍾誠均身後，側擊鍾誠均幾處關節穴位，在鍾誠均麻痺的時候，蹬腿，一個鎖喉上去，就將鍾誠均制住了。

「服不服？」顏末微微吐出一口氣，平復自己有些快速的呼吸。

鍾誠均從嗓子裡困難的吐出一句。「服個屁。」

顏末挑眉。「那你也是輸了。」將鍾誠均放下後，她後知後覺的感到有些尷尬，好像經過剛才那一番對打，她的大姨媽更倡狂了。

江月像是知道顏末的尷尬，連忙上前轉移話題，拉著鍾誠均就走，不讓鍾誠均在這裡繼續廢話。

至於顏末，看了邢陌言一眼，在對方高深莫測的眼神下，趕緊找個藉口，也先溜了。

「我有點事，大人，等我回來找您！」心虛的都不敢去想邢陌言有沒有發現什麼。

她後面不會特別明顯吧?!

顏末急匆匆回到了自己的房間，脫下衣服一看，還好，如果不仔細看，看不出什麼。

但壞就壞在，她身邊就有幾個細心的人，除了江月，至少還有邢陌言……

顏末心裡打鼓，但實在想不出什麼法子，之後就見機行事，該怎樣就怎樣。

在收拾自己的時候，朱小谷過來告訴顏末，說江月送來賠禮道歉的東西，說都怪她，才讓顏末遭受了無妄之災，這個無妄之災，自然指的是和鍾誠均的對打。

顏末接過來，等朱小谷離開之後，打開一看，發現裡面竟然是古代女子月事用的東西！

她感動得都快哭了，江月小姊姊簡直太貼心了，怎麼會有這麼善解人意的姑娘！

這就是雪中送炭啊！

打理好，顏末來到了邢陌言的書房，陸鴻飛和鍾誠均都在。

見到顏末，鍾誠均尷尬的摸了摸鼻子。

邢陌言正在練字，見到顏末，開口第一句話就是——「你今天的大字練得如何？哦，對了，還有昨天的大字，我可沒忘，記得補上。」

顏末吐槽。「……」要不要一開口就這麼魔鬼。

簡直不是人。

「咳，好了，聊案子吧。」陸鴻飛忍笑道。

邢陌言看向顏末。「你先說。」

顏末點點頭。「但我需要一塊白色能豎起來的板子和一塊炭筆，能更清楚梳理案件脈絡。」

「行。」邢陌言應得乾脆，然後指揮鍾誠均。「你去準備。」

「我？」鍾誠均指了指自己，有些不敢相信，不過看幾人都不說話，只能無奈道：「好吧，我去準備。」

沒多久，鍾誠均就回來了，速度還挺快。

大理寺牢房有捆綁犯人的架子，鍾誠均直接將一塊灰白色的石板放在了架子上。炭筆好找，就是會弄得一手黑。

「喏，湊合用吧。」鍾誠均遞給顏末。

顏末道了謝，然後開始說她收集到的線索。

一邊說，一邊在灰白色的石板上寫字——圍繞死者寫出相關人物，說明人物之間的關係。

按照時間順序，第一個出現在唐曼寧房間的人，應該是柳萃，柳萃和唐曼寧的關係並不好，顏末在和其他人交談中，發現柳萃其實有想當花旦的念頭，她不是奴籍，甘願伺候唐曼寧，也是存了幾分心思在。

心氣高，嫉妒唐曼寧，自然不會好好伺候她，兩人多有磨擦，唐曼寧性子軟，每次有磨擦，都是被欺負的角色，關鍵是，她還心軟，柳萃一哀求，她就不忍趕對方走了。

「但我還打聽到，因為唐曼寧在京城引起很多公子書生的注意，柳萃嫉妒之心更勝以往，竟然開始抹黑唐曼寧。」顏末想著聽到的事情，不由得搖搖頭。「她的手段又實在拙劣，被人當場抓住，唐曼寧下定決心要趕走她，這事，就發生在這兩天。」

顏末在唐曼寧和柳萃這兩個名字之間點了點。「柳萃的殺人動機並不大，她不過是不想離開這個戲班，不想放棄成為花旦的機會，哪怕和唐曼寧鬧矛盾，也不至於去殺人……」

「等等。」鍾誠均皺眉。「你別忘了，唐曼寧是被先姦後殺，凶手是個男人！」

「你確定？」顏末淡淡問道：「證據呢？」

「證據不就是……」鍾誠均一噎，隨即皺眉。

顏末搖搖頭。「不要被眼前的線索迷惑，不說先姦後殺這個順序對不對，難道女人就不能偽造出這樣的行為嗎？鍾大人，你恐怕小瞧了女人。」

邢陌言眼神幽深。「從來沒有人提出過這樣的想法。」

「那是你們陷入了固定印象模式。」

「那天晚上，柳萃應該和唐曼寧發生了一些爭執，所以沒有留下來伺候唐曼寧，而是出去了。」顏末在唐曼寧和馮沙之間畫上時間軸。「按照時間來看，第二個出現在唐曼寧房裡的人，就是馮沙。」

陸鴻飛微微挑眉，眼裡閃過譏諷。「那個戲班班主？」

顏末點頭。「對，沒錯，就是他。」

「一個老男人，那麼晚出現在唐曼寧房裡，說他沒點心思，我可不信。」相比於陸鴻飛的收斂，鍾誠均則是毫不客氣的嗤笑出聲，表情不屑。

「馮沙出現在唐曼寧房裡的時候，就見到了二皇子，而那個時候，唐曼寧已經死了。」

顏末在板子上畫了一個小火柴人，用以表示二皇子，然後看向邢陌言。「大人有調查出什麼嗎？」

邢陌言輕笑一聲，鋒利的眉梢微挑，語氣漫不經心道：「邵安行說自己被人敲暈，醒來的時候，就趴在死者唐曼寧身上，他自己也嚇了一跳，要離開時，就遇到了馮沙。」

顏末有些詫異，因為在這個階級分明的古代，邢陌言竟然直呼二皇子的名諱。可真是奇怪。

不過現在也不是探究這個事情的時候。

顏末問道：「那二皇子去那裡做什麼？」

邢陌言嘴角噙著一抹古怪的笑意。「當然是去放鬆心情，畢竟之前郭賓鴻那個案子，雖然看著和他沒什麼關係，但是姚琪……」

顏末懂了，這是受到了牽連。

姚琪雖然不是郭賓鴻案件的凶手，但是他在這起案子中的表現著實讓人惱怒，皇上也發了那麼大的火，想到和姚琪相關的姚家，還有二皇子，自然也不會有什麼好臉色。

二皇子邵安行想出來散心，找點樂子，這無可厚非。

但是這位二皇子的運氣實在差，這次竟然親自攤上案件。

想到這裡，就連陸鴻飛的臉色都有些複雜難言，這也太倒楣了，還是說，最近有什麼人想坑姚家，或者是二皇子和姚貴妃？他搖搖頭，心想這也不是他該關心的事情。

心思回到案子上，聽顏末繼續分析，還挺有趣的。

「我覺得二皇子是凶手的可能性比柳萃還要小。」顏末點了點二皇子的小火柴人。「一來，二皇子說他是被人敲暈帶去唐曼寧的房間，當然，這個真實性待考察，不能他說什麼就是什麼。」

邢陌言挑起嘴角笑了笑。

「二來，不管二皇子本人是否和唐曼寧有過交談，以他的身分，哪怕不花錢，哪怕唐曼寧不願意，估計只要二皇子想，那麼唐曼寧也會被人送到二皇子面前，何至於使出那種手段，當然，如果二皇子本身是個……咳，追求刺激的。」

「噗——」鍾誠均不客氣的直接笑了出來。「顏末，你可真敢說。」

顏末無辜道：「我說什麼了？」

「這個情況可以直接排除。」邢陌言開口。「邵安行雖然張狂了點，但他不是變態。」

顏末無言。「……」

這位才叫真敢說。

「好，不過二皇子究竟為什麼會被人敲暈、被什麼人敲暈，這些還需要調查。」顏末瞇了瞇眼睛。「我懷疑敲暈二皇子的那個人，應該和唐曼寧的死有直接關係。」

邢陌言往後靠了靠椅背，修長骨感的手端起茶杯喝了一口，淡淡開口。「按你這麼說，如果根本沒有敲暈邵安行的那個人，那麼就是邵安行在說謊，他十有八九就是凶手了。」

顏末看了眼邢陌言，沒有說話。

邢陌言勾出一抹笑。「繼續。」

「最後還有一個可疑的人。」顏末在一邊寫下黃娅的名字。「就是唐曼寧的乾娘，雖然事發當晚，沒人看到黃娅去找唐曼寧，但這個人也不能排除在嫌疑人範圍中。」

陸鴻飛有些奇怪。「為什麼？黃娅應該是他們當中最沒有嫌疑的那個人。」

顏末搖搖頭。「我覺得她的嫌疑最大。」

鍾誠均的身體微微前傾，頗感興趣道：「怎麼看出她的嫌疑最大？黃娅是唐曼寧的乾娘，幾乎手把手將唐曼寧教出來，感情深厚，怎麼可能去殺害唐曼寧？」

「因為她嫉妒，不甘心。」顏末微微垂下眼睛。「在我和黃娅的交談中，能感受到她很懷念自己當花旦的那些時光，而且她對唐曼寧的死，其實並不見得有多傷心。」

陸鴻飛皺了皺眉。「可我看她哭得很難過。」

顏末反問。「女人哭，就一定是很難過？」

陸鴻飛疑惑。「呃……不是嗎？」

呵，男人。

「我問你們，一個女人最重要的是什麼？」

鍾誠均想到唐曼寧，試探的回答道：「貞潔？」

「不得不說，哪怕是女人，也認為女人最重要的是貞潔。」顏末冷笑一聲。「可收斂屍體的時候，除了江月，你見黃娅看過唐曼寧一眼嗎？更別說動手幫唐曼寧整理了。」

如果黃娅真的為唐曼寧的死難過悲痛，真的在乎唐曼寧，那怎麼忍心見到唐曼寧那副樣子？

江月和顏末不過是和唐曼寧有過一面之緣，都不忍心讓唐曼寧死去之後也不體面。先不說會不會破壞屍體上的線索，但至少黃婭連那樣的表現都沒有。

細想之下，著實令人心寒。

聽到顏末這樣說，陸鴻飛和鍾誠均不由得愣怔，同時一絲冷意爬上心頭。

回想黃婭當時的模樣，也沒有哭得肝腸寸斷，之後更是平靜下來，難道她就真的沒想過幫唐曼寧整理得體面一些嗎？還是她根本不想去，不在乎……

「黃婭已經三十多了，你怎麼會覺得她還留戀當花旦的日子呢？」陸鴻飛疑惑道。「如果她還留戀，為什麼還要教導唐曼寧，讓唐曼寧代替她上臺？」

「雖然容顏可以被妝容掩蓋，但她的嗓子變化沒辦法掩蓋。」顏末搖搖頭。「儘管不想承認，但黃婭的嗓子的確不行了，她已經沒辦法再登高峰，如果戲班還想要掙錢，必須培養更年輕的花旦出來。」

第十章

黃婭之所以還能留在戲班，不是靠著和馮沙的交情，而是她能教導出新的花旦。

顏末還記得，在交談中，黃婭感嘆過一句話，她說：從曼寧上臺的那一刻起，聽到臺下傳來的歡呼聲，我就知道那種榮光不再屬於我，我親手捧起的戲臺子，必須拱手讓人了。

案子還有很多疑點，雖然顏末說了女人也有可能是殺人凶手，但唐曼寧確實被姦殺了，也就是說，哪怕凶手真的是女人，可一定也有一個男人充當幫凶。

這天，江月在大理寺檢查唐曼寧的屍體，顏末光明正大找了過來。

「小月月，我需要妳幫我一個忙。」

江月抬起頭。「什麼忙？」

「咳，幫我看看唐曼寧身上有沒有……」顏末湊到江月耳邊，小聲說了幾句。

江月的臉立即紅了。「妳……妳還真是……」

「拜託了。」顏末雙手合十。「這個很重要。」

「好，我知道了。」

在顏末和江月說話的時候，鍾誠均全程抱著手臂在不遠處看著。

「哎，陌言，你說顏末和月月在說什麼？」鍾誠均咬咬牙。「男女授受不親，怎麼我覺得月月和顏末有些親密？他們兩個才認識沒幾天，而且月月也不是那樣的人啊……」

邢陌言看了鍾誠均一眼。「顏末並沒做什麼吧。」

「他還沒做什麼?!」鍾誠均瞪著眼睛，不滿道。「他都湊到月月耳邊了！」

「應該是有什麼話不方便說。」邢陌言一邊說著，一邊見顏末走了回來。「你讓江月幫了什麼忙？」

「一會兒你就知道了。」

江月臉色凝重的走了出來。「我檢查好了。」

顏末心急道：「怎麼樣？」

「她身上這個部位，果然沒有瘀痕。」江月隔空比了比自己腰間的部位。「為了慎重起見，我還在唐曼寧身上其他部位仔細檢查了一下，也沒有任何瘀痕。」

鍾誠均奇怪道：「你們查唐曼寧身上有沒有瘀痕是為了什麼？」

顏末開口道：「如果你要強迫一個女子……」

「哎哎，說什麼呢！」鍾誠均立即制止顏末，然後急忙跟江月證明自己的清白。「月月，我不會那樣做的，妳可要相信我。」

「我只是打個比方。」顏末無語道。

鍾誠均給顏末拱手。「顏公子，這裡還有其他人，你可以換一個比方打。」

邢陌言聞言，看過來。

顏末看向邢陌言。

……算了，她還是直接說好了。

「對唐曼寧不軌之人，想要行那事，必須要抓緊唐曼寧才行。」考慮到古人都很保守，顏末說得還算隱晦。「你們想像一下，如果唐曼寧那時還活著，她必然會掙扎。」

江月紅著臉補充。「唐曼寧沒有中藥跡象，所以她被……她那時候是清醒的狀態。」

顏末點頭。「可是我剛才讓江月去檢查了唐曼寧的身體，她應該被大力壓制的地方，並未見瘀痕，所以這說明了一個問題。」

邢陌言和鍾誠均的臉色都冷了下來。

顏末嘆了口氣。「唐曼寧很可能是死後被人……也就是說，她是被先殺後姦。」

而先殺後姦，更可能是凶手的障眼法。

鍾誠均皺眉。「那這麼說，柳萃和黃婭的嫌疑……」

不等鍾誠均說完，陸鴻飛快步走了過來。「柳萃來報案，說自己隱瞞了一些事實。」

幾人對視一眼，同時往正廳走去。

柳萃跪在地上，臉色蒼白膽怯，見顏末幾人進來，連忙磕頭。「幾位大人們，小女迫不得已，隱瞞了一些事情，還請各位大人恕罪。」

邢陌言坐在中間的位置，神色肅穆，光風霽月的臉上一片冰冷。「妳可知隱瞞與案件有關的線索，會有什麼後果？」

「大人饒命！」柳萃倉皇慌亂的磕頭，顫抖著身體道。「小女只是覺得那件事情不重要，而且……而且我要是說了出來，那我就完了……」

顏末皺眉。「妳到底隱瞞了什麼？」

柳萃抬起頭。「其實我那晚離開她……小姐的房間後，想想覺得不妥，便又回去了，可是我才走到門口，就見到了……見到了馮班主。」

「馮沙？」顏末驚訝道。「妳也見到了馮沙和二……和另一個男人……」

「不是。」柳萃搖頭。「那個時候，小姐還沒死，我看到馮班主在糾纏小姐，被小姐打了出來，然後馮班主就走了。」

這個消息，著實震驚了眾人，照柳萃這麼說，馮沙那天晚上，其實是去了唐曼寧的房間兩次！

可是馮沙卻隱瞞了第一次！

顏末皺眉。「那妳現在為什麼說出來？當初我問妳的時候，妳怎麼沒說？」

柳萃膽怯的看了眼顏末，許是害怕顏末怪罪，又立刻低下頭。「大人，小女還要在戲班裡生存……」

「那現在呢？」顏末無法說柳萃做的是對，還是不對，畢竟人都是自私的。

「馮班主要遣散戲班。」柳萃訥訥道。「我沒地方可去……不，是我，我擔心馮班主現在遣散戲班，是因為心中有鬼……」

陸鴻飛有些詫異。「他為什麼突然要遣散戲班？」

柳萃的表情有些落寞。「小姐死了，還死得那樣慘，現在外面有很多風言風語，戲班已經經營不下去了，出了這種事，誰還願意來聽戲？」

因為柳萃的供詞，邢陌言立即叫人提審了馮沙。

馮沙沒想到自己去唐曼寧的房間兩次，竟然被人看見了，他一邊驚怒的看著柳萃，一邊惶恐的跪下來磕頭。「大人，小人……小人的確還去找過曼寧，但我第一次……我第一次真的沒做什麼，而且也沒待多久，我很快就走了。」

「是沒做什麼，還是沒機會做？」鍾誠均嗤笑一聲。「大半夜去女兒家的房裡，你還想做什麼？而且竟然還去了兩次。」

「我……」馮沙顫抖著身體磕頭。「大人饒命，小人也只有那賊心，可沒那賊膽，我還指望她給我掙錢呢，曼寧不願意，我自然是不敢強迫她，更別說殺她了。」

邢陌言突然笑了一聲。「你有那賊心，應該也不是一天、兩天，為什麼偏偏那天化作了行動？」

顏末看了眼邢陌言，在心裡給邢陌言讚了一聲好。

讓馮沙將想法化作行動，一定有一個契機，而這個契機背後，也許隱藏著某種動機。

「其實……其實那天晚上我去找曼寧，一開始只是想安慰安慰她。」馮沙微微抬頭，回憶道。「那天曼寧不是將黃婭的寶貝花瓶摔了嗎，我去找黃婭說情，啊，對，是黃婭讓我去安慰曼寧的，所以我才……」

邢陌言瞇起眼。「黃婭嗎？」

馮沙點頭應是。

「這個黃婭很可疑。」顏末圈出黃婭。「現在她被慢慢挖出來了。」

江月對顏末的小白板案情分析很感興趣，所以也跟著來旁聽，此時舉手道：「但是聽人說，那天晚上，黃婭很早就睡了。」

顏末搖頭。「這個可以偽裝，不是有力的不在場證明。」

「對了，凶器能圈定範圍嗎？」鍾誠均突然偏頭問江月。

「凶器是很硬的東西，大概一個巴掌大，鈍器，應該是圓形。」江月皺眉。「我們盤查了唐曼寧的房間，她的房間並未丟失過類似的東西，也就是說，凶器可能是凶手自帶來的東西。」

顏末說：「也可能不是。」

「怎麼說？」江月好奇道。

「也可能是新買的東西。」顏末挑眉。「柳萃臨走前，我問了她一個問題，我問她，那天唐曼寧是否有讓她買過什麼東西，她說有。」

幾人立即豎起耳朵，鍾誠均直接拍手。「可真有你的！」

「買的是什麼？」陸鴻飛有些急迫的問道。

「硯臺。」顏末扯了扯嘴角，神色有些複雜。「聽柳萃說，是唐曼寧買來送給黃婭的道歉禮物，不過那個硯臺，現在不見了，我想這個硯臺十有八九就是凶器。」

江月神色略有些激動。「如果沒有意外，那就對得上了，符合凶器的一些特徵。」

「邵安行那邊也查出了點東西。」邢陌言開口。「那天晚上，他說看戲看得無聊，自己去後院轉了一圈，路過花園時被人敲暈，我派朱小谷仔細查了下邵安行被敲暈的地點，離唐曼寧住的地方很近，離雜役住的地方也很近。」

「雜役？」

這些天，瑞雅班的人都過得不大好，先是臺柱——他們的當家花旦唐曼寧無辜慘死，被當場抓住的男人，好像後臺很大，以至於案子直接驚動了大理寺。

凶手還沒抓住，班主就要遣散戲班，他們也不知能分到多少錢。

遣散戲班的事情還沒落定，大理寺又叫了班主去審問，這一去，當天就沒回來，只回來了一個面色蒼白的柳萃。

問柳萃，柳萃什麼話也不說，只默不作聲的收拾行李，等著走人。

難道馮沙是兇手？已經確定了？

眾人不敢想，只覺得前路渺茫，更不知道該如何行事了。

夜深人靜的時候，有人偷偷從房間裡出來，燈都沒點，腰間彷彿藏著東西，一路小跑，但還未等他跑到前廳，便突然被人制住了身體，壓在地上動彈不得。

下一瞬，燈火大亮。

朱小谷哼了一聲，使巧勁地擊打在男人腰間死死捂著的地方，男人悶哼一聲，這才鬆開手。

一塊染了血的硯臺滾了出來。

「大人。」朱小谷將硯臺呈上。

江月戴著豬脬做的手套接過來——這是顏末建議做出來的，之前用的是麻布做出來的手套，不貼合手指，戴上不好操作，但如果不戴手套，會弄髒手，總之就是處處不方便。將豬脬加工處理之後，做出來的手套非常薄，還貼合手指，不影響觸感，當顏末提出來後，孔鴻簡直奉若珍寶，欣喜的研究了一個晚上，以此做基礎改良了很多。

看得顏末也是嘆為觀止，不得不佩服孔鴻的奇思妙想和創新精神。

江月比對了硯臺的大小，以及其上的血跡，最終點點頭。「這個硯臺就是凶器。」

那男人聽到江月這樣說，還想掙扎逃跑，結果被朱小谷一腳踹翻在地。

「還想跑?!」

這時候，這裡的動靜已經引起了戲班眾人的注意，漸漸有人匯集過來。

「怎麼回事啊？」

「天啊，這不是大理寺的幾位大人嗎？」

眾人立即磕頭下跪，同時面面相覷，仍舊不清楚發生了什麼事情，但有人眼尖的發現了朱小谷腳下的男人。

「王長？他怎麼了？」

「對啊，這不是王長嗎？他是哪裡惹到幾位大人了嗎？」

眾人竊竊私語，顏末看向王長。「是你自己交代，還是我們替你說？」

王長是個看上去很老實的男人，年約四十，面貌敦厚，身材高壯，據調查，他是戲班裡打雜的，專門收整各種雜物，各類雜活也是他做，總之在戲班裡，算是一個老好人。

「大人，小人……小人認罪。」王長臉色灰白，認罪倒也乾脆。

眾人譁然，紛紛用不敢置信的眼神看著王長，顯然怎麼也想不到王長是殺人凶手。

「凶手不是馮班主？」

「王長是凶手？天啊，怎麼會是他？」

邢陌言掃視一圈眾人，隨即開口道：「說吧，你是如何起的歹念，之後為什麼要殺唐曼寧？」

王長沈默了半晌，才道：「沒什麼好說的，就是我見色起意，之後又怕唐曼寧告官，所以才一不做二不休，直接將她殺了。」

「你在說謊。」顏末開口道。

「我沒有說謊。」王長抬頭看了眼顏末。「大人，事到如今，我也沒必要說謊了。」

顏末笑了一下。「怎麼沒必要？你不是還要保護你的恩人嗎？」

第十一章

王長臉色變了。

這會兒王長雙手已經反絞到背後，被扣上了手銬，朱小谷在人群中，抓了黃婭過來，將黃婭押著跪在王長身邊。

黃婭臉色變了又變，等跪下來的時候，已經恢復了平靜。

顏末問：「聽人說，你是黃婭帶進戲班的，如果沒有黃婭，你恐怕會被追債的打死，對吧？」

王長看了眼人群，隨即垂下眼。「這是戲班裡都知道的事情，大人何必還問我。」

「是啊，所以黃婭讓你做什麼，哪怕讓你去強姦一具屍體，恐怕你也是願意的。」顏末嘆息一聲，看著兩人變了的臉色。「先姦後殺，先殺後姦，你們以為大理寺查不出來這個順序嗎？」

戲班眾人聽得臉上都露出了震驚的神色，他們驚疑不定的看著王長和黃婭，顯然沒想到事情會發展成這樣的情況。

「大人，凡事要講究證據。」黃婭咬著牙。「哪怕證明了王長說謊，但也不能證明他掩護的那個人就是我啊？曼寧是我一手帶大的，我怎麼忍心……」

顏末厲聲喝道：「妳怎麼不忍心?!事到如今，妳還狡辯?黃婭，我問妳，這硯臺，是唐曼寧買給妳的，妳知道嗎？妳碰過沒有？」

「我不知道。」黃婭磕頭。「大人明鑒，我見都沒見過這個硯臺，更別說碰這個硯臺了。」

顏末冷笑一聲，蹲下身體，平視黃婭。「妳知道國子監學生被分屍的那個案子嗎？」

黃婭不明所以的點頭。「知道。」

「那妳知道，我是怎麼找出凶手的嗎？」顏末面容平靜的看著黃婭。「那個凶手也說沒碰過凶器，但我們在凶器上找到了凶手的指紋，要知道除了死者，凶手是另一個接觸凶器的人，妳說妳沒碰過這個硯臺，那如果我在硯臺上找到妳的指紋……」

黃婭一瞬間就白了臉色。

顏末搖搖頭，站起來。「真相永遠不可能被掩蓋，妳以為自己做得天衣無縫？實則漏洞百出，單單是妳對唐曼寧的冷漠行為，哪怕說一萬次心疼唐曼寧，我都有理由懷疑妳。」

「這麼久以來，妳有真正看過唐曼寧的屍體一眼嗎？」江月冷聲問道。

黃婭大概終於知道自己哪個行為惹人懷疑了，她彷彿想起了唐曼寧的死狀，渾身顫抖起來。

謊言一戳就破，證據擺在眼前，不可能再撒謊了。

黃婭沒有硬撐，很快就承認了自己殺人的事實。

顏末臉色複雜。「妳為什麼要殺唐曼寧？這麼多年相處，怎麼說也有一點感情吧。」

「是有。」黃婭神情頹敗，她淒慘一笑。「我對曼寧當然有感情，可當我每次看她站在臺上的時候，那些感情就全被嫉妒壓了下去，我嫉妒她，不，我嫉恨她，這是我親手教導出來的人，為什麼要比我還優秀？為什麼她能在臺上發光發彩，而我只能退居幕後？我不甘心，我真的不甘心。」

黃婭捂著臉痛哭起來，誰也不知道，每當唐曼寧在臺上受人追捧的時候，她的心被嫉妒啃蝕得有多痛苦，唐曼寧每次下臺朝著她笑，她都覺得對方是在嘲笑她，嘲笑她老了，嗓子不行了，只能在臺下看著她唐曼寧風光無限。

打碎的花瓶，讓黃婭覺得唐曼寧看不起她，所以馮沙來找她的時候，她才突然心生歹念，她知道馮沙一直對唐曼寧有意，故意引導馮沙去安慰唐曼寧。

可她也知道馮沙有賊心沒賊膽，因此不放心，想偷偷去聽一下，看看馮沙有沒有真的毀了唐曼寧，可她失望了，馮沙被唐曼寧趕走了。

那個柳萃就在旁邊看著，她看見了，等馮沙走了，柳萃也走了，她卻心有不甘，仍舊沒離開。

唐曼寧看到她了，欣喜的邀請她進去房裡說話，向她訴苦，說馮沙騷擾她，若不是她現在是瑞雅班不可或缺的臺柱，恐怕就危險了。

這讓黃婭覺得，唐曼寧又在炫耀。

瑞雅班的臺柱本來是她，是她一手將唐曼寧捧紅的，她不該炫耀。

唐曼寧拿出了硯臺，說是補償，黃婭看著那硯臺，心裡止不住冷笑，她附庸風雅，無非是排遣無法上臺的寂寞，誰不知道她不過是表面功夫罷了。

唐曼寧拿出這麼好的硯臺，是什麼意思？

黃婭想得很多，等意識過來時，已經拿著硯臺猛砸唐曼寧的頭了。

她一手掐著唐曼寧的脖子，一手狠狠砸了好多下，唐曼寧根本來不及叫喊，已經被砸得神志不清。

看著唐曼寧的臉，如今被血液浸染，黃婭就想，看，這張如花似玉的嬌俏臉蛋，如今也不乾淨了，哈哈，上不了臺了。

於是，她沒有停手，就那樣繼續砸了下去。

並非只有窮凶極惡的人殺人時，才能感覺到快樂，一個手無縛雞之力的弱女子，在殺人的時候也能感受到無法言說的快樂，因為壓抑得太狠，爆發起來也足夠嚇人。

等殺了唐曼寧，黃婭尤覺得不夠，而且她還不想死，所以想到一個更惡毒的法子，讓唐曼寧死得也不安生。

王長對黃婭言聽計從，也不覺得侵犯唐曼寧是多大的事情。黃婭說，他就去做，他的命都是黃婭給的，侵犯一個女人，對王長而言，算不得什麼，更何況唐曼寧長得好，身段也美，他還覺得是自己占了便宜。

畢竟王長活這麼大，沒女人看得上他，也沒多少錢去幾次窯子，有唐曼寧這麼一個女人讓他嘗嘗滋味，他怎麼可能不樂意。

至於二皇子是怎麼被捲進案子裡呢？那純屬是倒楣催的，王長覺得二皇子對唐曼寧有點意思，而且見二皇子這做派，擺明了是有錢公子，一個紈袴子弟做出什麼來，也比較合情合理，於是二皇子就成了替罪羔羊。

但恐怕王長和黃娅都沒想到這替罪羔羊身分不簡單，一下子就捅出了大婁子，招惹了大理寺一波人。

邢陌言等人故意放出消息，將焦點轉移到馮沙身上，利用柳萃，讓王長和黃娅以為，馮沙已經被認定為凶手，於是放鬆了警戒，打算將一直藏著的凶器處理掉，但誰也沒想到這不過是陷阱罷了。

罪證確鑿，王長和黃娅被帶去了大理寺，馮沙洗脫嫌疑，但瑞雅班在京城也開不下去了，於是沒幾天就散了個乾淨。

唐曼寧的死因被查清楚，不少人都為此唏噓不已，驚豔全京城的花旦就這樣死去，還是被至親的人殺害，恐怕到死都想不明白，為什麼黃娅會如此仇恨她。

大理寺後院的一個小亭子裡，四周被厚厚的簾子擋住，亭子裡放了六個火盆，讓這個小空間顯得靜謐而溫暖，此時，顏末趴在小亭子的石桌上，用毛筆一字一頓的記錄這次案件，包括上一個案件，她也記錄了一份。

豌豆就坐在顏末旁邊，兩隻小肉手搭在石桌上，五個小窩窩冒出來，下巴擱在小肉手上，歪著頭，一臉疑惑。「姊姊，妳在寫什麼？」

顏末的手頓時一顫，雖然聽豆芽說這孩子男女不分，但顏末總覺得豌豆有一雙慧眼，大概小孩子看人，才看得最清楚。

面對小豌豆的疑惑，顏末也沒敷衍他，而是認認真真解釋了一下，以往每處理完一個案子的時候，都是顏末寫報告，記錄案情，從頭到尾梳理一遍，已經成了她的習慣。

腳步聲由遠及近傳來，顏末和豌豆對視一眼，豌豆想要開口說話，顏末立即豎起一根手指，輕輕噓了一聲，小豌豆連忙用小手捂住嘴。

就見顏末瞇起眼，盯著一扇門簾，屏息以待。

那腳步聲就停在不遠處，好似沒繼續前進，等了半晌，四周靜悄悄的，顏末瞇了瞇眼睛，輕輕起身，踮起腳尖走到門簾後，伸手去掀簾子。

「抓到了。」

一隻骨節分明的手，瞬間從簾子外伸進來，抓住了顏末的手腕，聲音平淡，胸有成竹，彷彿早就知道門簾背後藏著人。

顏末小小的吸了口氣，隨即一把掀開門簾，就見到了邢陌言那張欠扁的俊臉，她甩了甩胳膊，甩掉邢陌言那隻手，然後抱著手臂，語帶不滿。「邢大人不忙嗎？竟然還有空跑到這裡來。」

邢陌言挑了挑眉，繞過顏末，掀開門簾走進小亭子，瀟瀟灑灑坐在石凳上，看了一眼擺放在石桌上的卷宗，那狗爬字讓他眼皮一跳。

「快過年了，沒什麼事情要處理。」邢陌言單手托著下巴。「為了逃避寫字，你竟然跑到這裡來了，嘖嘖。」

顏末在背後撇嘴，她算是發現了，這位邢大人有強迫症，她的字一天沒練好，邢陌言就一天不放過她。

走到石桌邊坐下，顏末繼續整理案情。「這裡安靜，我要梳理案件。」

「寫完給我。」邢陌言一點都不客氣。

顏末瞇眼。

邢陌言點了點石桌。「雖然字寫得難看，但難得寫這麼詳細。」

顏末有些驚訝。「你剛才只看了一眼。」

邢陌言輕哼一聲。

小豌豆在旁邊舉起小手。「大人哥哥一目十行，過目不忘。」

顏末瞪大眼睛，張開嘴，看向邢陌言。

邢陌言輕勾嘴角，等著顏末。

顏末捏了捏自己大腿，表情收住了，張嘴。「哦。」

邢陌言無語。「……」

寫好案件，顏末抱著豌豆，和邢陌言一起走出小亭子，外面又開始下雪了，顏末抬頭望向天空，發現古代冬天下雪挺頻繁，而且真的很冷。

那夏天是否很熱？

想到這裡，顏末就有些擔心，她怕自己胸口長出痱子。

「姊姊，妳嘆什麼氣啊？」小豌豆摸了摸顏末的臉。

顏末嘴角抽了抽，看了眼走在旁邊的邢陌言，小聲道：「要叫哥哥。」

小豌豆歪歪頭，神情有些疑惑，但很聽話的又叫了聲哥哥。

這時候豆芽和蒜苗跑了過來，兩人小臉紅撲撲的，顏末就將小豌豆放下來，讓他和兩個哥哥一起走。

豆芽和蒜苗一人牽著豌豆一隻手，邊走邊說帶豌豆去吃好吃的，聽說廚房做了小點心，可好吃了。

廚房做的小點心還挺多，於是邢陌言叫了陸鴻飛和鍾誠均，以及孔鴻也來吃點心。

吃著吃著，眾人就聊起了過年的事情，陸鴻飛是左相之子，鍾誠均是定國公之子，家族龐大，身為嫡子，肯定要回家過年，相比之下，邢陌言家就人丁稀薄，只有一位祖父，乃當朝太傅，肯定也要回去過年，三個小豆丁會跟著朱小谷回家過年，孔鴻孤家寡人一個，留守在大理寺。

然後眾人的目光就看向顏末。

顏末摸摸鼻子，小聲道：「我也沒地方去。」

孔鴻拍拍顏末肩膀。「那正好，妳留在大理寺，我有伴了。」

顏末笑了一下。「我們過年習俗是吃餃子，先生，那天我們包餃子吃吧，包三鮮餡的。」

孔鴻笑著點頭答應。

「咳，年初五，我們可以一起去泡個溫泉。」邢陌言喝了一口茶，慢悠悠開口道。「聽說南山那邊新建了一座溫泉山莊，顏末剛來，沒有年終獎金，但連破兩個案子有功，倒是可以獎勵溫泉旅遊一次。」

「泡溫泉啊？」鍾誠均有些興致勃勃。「我老早就想去了，聽說那地方好多溫泉池，還是露天的，一邊泡溫泉，還可以一邊賞雪景，美得很。」

陸鴻飛也點頭。「那就一起去吧。」

「呃……」顏末嚥了嚥口水。「泡溫泉哪？」

鍾誠均點頭，一拍顏末肩膀。「還不感謝陌言。」

顏末看向邢陌言。「大家分池子泡溫泉嗎？」

第十二章

邢陌言眉峰一揚，狹長銳利的眼睛瞇起來。「那裡按池子算錢，你看看我們多少人，你出錢？」

「那我不去了。」顏末立即開口道。「正好少一個池子的錢。」

鍾誠均哈哈笑了兩聲，又一拍顏末肩膀。「哎，顏小末，你是不是怕我們嘲笑你的身材和本錢？」

「本……本錢？」顏末一時沒反應過來，就看鍾誠均往她下邊瞟了一眼，頓時臉上冒熱氣，飛起腳踹鍾誠均，氣急敗壞的罵道：「要死啊你！」

「嘶──」鍾誠均捂著腿哈氣。「你這力氣也太大了，我的腿肯定青了。」

顏末冷笑一聲。「活該。」

話落，一瞥其他人，發現大家表情一致，同情中帶著「我們都懂的」安撫感。

「我不是因為這個原因！」就算顏末不是個男的，也被這種眼神看得毛毛的。

其實不只鍾誠均，其他人也瞟了，都覺得顏末此時惱羞成怒，事關男人尊嚴，畢竟身為男性動物，都免不了攀比心，顏末就算力氣大又如何，身高擺在那裡，按等比例換算，某些地方肯定也大不了多少。

陸鴻飛放下點心，給顏末倒了杯茶。「放心，到時候霧濛濛一片，看不清楚。」

估計是怕傷到顏末的自尊心，連孔鴻都跟著起鬨，顏末見大家你一言我一語，好話說盡，也不好再拒絕了，不然就會顯得奇怪。

不過她沒注意到邢陌言多看了她好幾眼。

在古代過年，沒有想像中那麼孤獨，大概早就習慣了一個人，所以不管在哪裡，都能適應良好。

而且這次過年，不僅有孔鴻，大理寺小廝丫鬟也有留下來的，眾人聚在廚房一起包餃子，還挺和樂融融，吃過飯，孔鴻說晚上會放煙火，招呼顏末一起守歲。

晚點的時候，邢陌言、鍾誠均、陸鴻飛，還有江月等人都送來了年禮，無非是一些吃食，但看著就讓人暖心。

雖然大理寺地方大，未免顯得冷清些，但顏末相信在這裡的日子會越來越好。

過完年，大年初一這天，邢陌言就回來了，一同回來的還有朱小谷和三個孩子。

看到顏末，三個小娃娃一同撲了上去，姊姊哥哥的亂叫，顏末抬頭望天，叫姊姊的不用說，肯定是小豌豆，這小孩年紀小，記性也不好，整天傻呵呵的。

不過一直叫她姊姊，也不知道究竟是傻還是聰明。

「你們怎麼現在就回來了？」顏末看向邢陌言和朱小谷。

朱小谷帶著一堆年貨，一邊分發給大理寺眾人，一邊開口。「三個小的鬧著見你們，我來的路上碰到大人了，大人說……」

顏末好奇。「大人說什麼了？」

朱小谷看了眼不遠處的邢陌言，湊近，小聲跟顏末八卦。「聽說大人被趕出來了。」

「為什麼？」顏末一歪頭，無比好奇，如果沒猜錯的話，趕出邢陌言的人應該就是他那位祖父，聽說邢陌言除了那位祖父，也沒有其他親人了。

怎麼堂堂這麼大個邢大人，竟然被個老爺子趕出家門了。

「嘖嘖。」朱小谷搖搖頭，一攤手。「還能是為什麼，因為大人這次也沒有帶著家眷回去啊，我家大人哪都好，就是不近女色，眼看著歲數越來越大了，不僅沒訂親，連女人都沒……哎呀……」

朱小谷後腦勺被一塊臘肉砸中，回過頭，一看是邢陌言，還在瞇著眼睛看他，立即捂著嘴跑走了。

顏末尷尬咳了幾聲，摸著下巴望天，心想，原來不管是現代或古代，不管你是什麼身分，催婚一直都有啊，不過也是奇怪，京城什麼才女沒有，邢陌言難道就沒有一個中意的？

年初三的時候，陸鴻飛也跑回來了，臉色也稱不上多好看，八卦達人朱小谷又跟顏末分享了消息，雖然陸鴻飛不是被趕回來的，但聽說被家裡人催婚催得緊，於是乎，自己跑回來了。

只有鍾誠均在年初五的時候，滿面紅光，溜溜達達的進了大理寺的門，看來這個年過得不錯。

要去泡溫泉，需要準備的東西還挺多，浴袍肯定不能少，顏末小心臟顫顫的，就怕自己暴露了身分，所以準備浴袍最積極，鬧得鍾誠均說她個兒不大，浴袍倒從頭包到腳。

顏末瞪了鍾誠均一眼，就給江月寫了一封信，沒多久，江月就帶著三個小姊妹來了，說也要去山上泡溫泉。

南山的溫泉山莊地方大、環境好、溫泉多，就是價格貴了點，不過仍舊很受歡迎，是少爺小姐們的最愛，剛建好那段時間還風靡京城，比起賞花看月色，在溫泉池裡一邊泡澡，一邊賞雪景成了時興的附庸風雅之事。

現在天氣冷，泡溫泉就更受歡迎了，雖然才過完年，但出來玩的人也挺多。

顏末掀開簾子，看見山道上偶爾就會出現一輛馬車，有些馬車還有家徽，看著就是大戶人家。

「都是來山上泡溫泉的，年前剛入冬時，來的人更多呢。」江月也看著外面，邊和顏末聊天，她是來救場的，顏末肯定不能和邢陌言他們泡同個溫泉池，但也不能和她們一起泡，所以大小姐索性多帶了些銀兩，說要請大家好好泡一次溫泉，每兩個人一池子，正好去的人是單數，多出來一個人，到時候就可以讓顏末自己一個人泡。

顏末對此感激不盡，悄悄教了江月一點美妝技巧，畫眼線和額頭畫花鈿。

愛美是女孩子的天性，江月也不例外，且她看著溫婉，實則性子外放，行事頗為大膽，來泡溫泉當天，就畫了眼線，額間也畫了一朵盛開的紅蓮。

只這兩處改變，就讓江月從溫婉的小女人，變成了嫵媚的小女人，看得鍾誠均都呆了，兩眼發直，眼裡除了江月，再容不下任何人。

所以顏末跟著江月上了馬車，鍾誠均也沒騎馬，巴巴鑽進馬車，可勁地盯著江月，同時防備顏末，就怕顏末和江月有點什麼，看得顏末嘴角直抽。

旁邊三個小姑娘直捂著嘴笑，就這樣，鍾誠均也沒下馬車。

好不容易到了溫泉山莊外邊，顏末立即掀開簾子下了車，心裡止不住想，要將學騎馬提上日程了，來的路上，她看著邢陌言等人騎在高頭大馬上，心裡頗為羨慕。

在現代學騎馬，那是有錢人的享受，更別提縱馬奔騰，可在古代就不一樣了，據她所知，邢陌言就養了幾匹好馬。

於是顏末邁著步子跑到邢陌言身邊，歪著頭朝邢陌言笑了笑。

邢陌言正將馬韁繩遞給小廝，看到顏末的笑容，瞬間頓了頓。「有事？」

「大人，我想學騎馬。」顏末開門見山道。

邢陌言兩邊嘴角都翹了起來，本來臉就夠好看了，一笑起來，更俊了，雖然這笑容顯得有那麼點不懷好意。「學騎馬倒不是什麼難事，不過你求我……」

話沒說完，就見顏末伸出一根手指搖了搖。「大人，我這不是求你。」

邢陌言立即收了笑，看著顏末，聽他怎麼說下去。

「大人，你想啊，身為大理寺的一員，你們都會騎馬，就我不會，那以後要是出任務，我難道跟在馬後面跑不成？」顏末指了指自己的腿，這時候也不管黑不黑自己了。「您瞧我這小短腿，也跟不上是不是，所以啊，我騎馬不是為了自己，而是為了辦案方便，更是為了給大人節省時間，不然案情因為我而耽誤，那可就不好了。」

陸鴻飛從兩人旁邊走過，嘴角抽了抽，表情甚是無語。

鍾誠均在後面扶額，覺得顏末這理由找的，不僅正當，還無從反駁！

但邢陌言不是一般人，嘴一抿，臉一冷，特無情來了句。「沒事，你跟在後面跑吧，那個詞怎麼說來著，案發現場對吧，去那裡，多你一個不多，少你一個不少。」說著，還指了指旁邊走過去的孔鴻。「有孔先生就足夠，等你跑到案發現場，再補充就是了。」

孔鴻摸了摸鼻子，裝作沒聽到，招呼其餘人趕緊走，遠離是非之地。

顏末眯起眼。「大人怎麼才願意讓我學騎馬？」

邢陌言抱著手臂。「你那個小箱子……」

「沒門。」顏末立即扭頭想走。「我就不信找不到別人教我騎馬。」

「你是能找得到，」邢陌言也不急，悠悠來了句。「但是你有馬嗎？」
瞬間，顏末氣勢就弱了下來，她倒是忘了，古代雖然能自由騎馬，但馬也是需要花銀子的，而且價錢還很美麗。

「呵呵，大人，有話好商量。」顏末搓搓手。「你看我已經貢獻了那一副手銬，這才過多久啊，大人你還要小的出血，那我就要失血過多了，那可是我全部家當。」

其實顏末也清楚，她那點小家當想要再生利用，光靠她一個人絕對不可能，可讓她一下子全攤開在邢陌言面前，她又不願意，說白了就是沒安全感。

這點家當是她在這個時代安身立命的根本，所以哪怕邢陌言各種使計利誘，她也堅決捍衛，不為所動。

實際上動沒動的，只有顏末知道，不過是時間早晚的事情。

見顏末不再說話，臉色有些落寞，邢陌言伸手一拍顏末腦袋。「傻站著幹什麼，趕緊進去了。」

顏末愣怔的看著邢陌言的背影。

「騎馬的事情，等開春了再說。」邢陌言回頭，臉色有些不耐煩。「這個時候地上還都是雪，你看看誰學騎馬？」

說完，也不等顏末什麼反應，轉身就進了溫泉山莊的大門。

顏末摸了摸後腦勺，半晌，撇著嘴也跟著跑進去了，不過眼底帶著笑意。

溫泉山莊建在南山的半山腰上，占地面積極大，多保留了原生風景，山莊裡闢有一百多個溫泉，單人的、雙人的、多人的都有，可是下了大手筆，而且每處溫泉的風景還不同，有的能看到京城大片風景，有的能看到對面群山，有的能看到斷崖，有的能看到山頂雪景……所以這座溫泉山莊如此受人歡迎，是有原因的。

顏末一行人要的都是雙人溫泉，不過有一個人需要自己泡溫泉，所以大家左看右看，江月一指顏末，就說：「不然讓顏公子一個人泡溫泉吧，也自在些。」

江月的意思是，顏末和大家都還不熟悉，就這樣赤裸相見，可能會不自在。

但在場的幾個男的，都不由自主的以為江月是怕顏末看到他們之後自卑，所以才說出這句話。

鍾誠均咳了一聲，拍拍江月的頭。「月月，妳這麼善解人意很好，但是這話，以後還是不要說了。」

「嗯？」江月歪頭不解。

「女孩子家家的……」鍾誠均小聲嘀咕。

顏末從旁邊走過，斜眼看鍾誠均，心想江月怎麼會看上這麼個愣頭青，但看包括邢陌言在內都和鍾誠均一個表情，就忍不住無語，大概男人都會往這方面想吧。

還好計劃順利，顏末拿著房門小牌，自己一個人來到訂好的溫泉房。

訂的溫泉房都是露天的，但除了看風景那一面，其他面都有格擋，還有專門的換衣間，所以還算安全，但顏末也不敢掉以輕心，換好浴袍出來，臨出來前，還將從小箱子裡拿出來的隨身鏡揑著，看看自己的妝有沒有花。

雖說這妝防水，但溫泉霧氣瀰漫，顏末也怕被熏花了，所以帶著隨身鏡進了溫泉池，將隨身鏡放在離自己不遠的地方。

第十三章

為了防止發生意外，顏末準備了兩件浴袍：一件輕薄點，但不透明，泡溫泉時穿；一件厚點，出了溫泉池穿。

下了溫泉池，顏末放鬆的舒了口氣，在大冷天泡溫泉，絕對是一大享受，不過摸了摸自己胸口，這裡面還裹著抹胸，顏末深吸一口氣，嗯，有些悶得慌，溫泉不能久泡，她一會兒就得出去。

她才泡了一會兒，就聽見有腳步聲傳來。

顏末皺著眉看向門口，有些猶豫要不要起身，萬一不是朝她這裡來呢？這一猶豫，門就被打開了。

「我在這裡泡會兒。」邢陌言披著一件黑色的浴袍，走了進來，邊走邊要脫浴袍。

「不行！」顏末大聲叫道，臉色難免有一絲慌亂。

邢陌言脫浴袍的手頓住，皺眉看向顏末。「怎麼？」

顏末往溫泉池裡縮了縮。「大人，你不是和朱小谷一間嗎，怎麼跑我這裡來了？」

「還有豆芽那三個孩子，加上朱小谷就是四個孩子，太鬧騰了。」邢陌言嘖了一聲。

「鬧得我頭疼，反正你這裡是一個人，地方也大，我就過來了。」

顏末在心裡罵了一句，朱小谷這個成事不足敗事有餘的傢伙，偏偏要帶著三個孩子鬧騰，但也沒辦法，畢竟三個小孩要有人看著。

這下子顏末沒話可說，只能眼睜睜看著邢陌言脫掉浴袍。

作為新時代女性，一個男人光著上半身沒什麼好避諱的，她抓流氓都不知道抓了幾個了，而且邢陌言也是個講究人，穿著褲子呢。

不過這男人也太有料了吧。

顏末在心裡嘀嘀咕咕，看了一會兒，眼睛就飄向別處了，不是不敢看，是不好意思再看，身為一個文官，腹肌人魚線都有，再加上那張無可挑剔的俊臉，要命啊。

水聲嘩啦啦，顏末就知道邢陌言下水了。

這裡是雙人溫泉，地方說大也不大，只夠兩個人活動，邢陌言從顏末不遠處下水，顏末動了動屁股，就挪到了邢陌言對面，跟邢陌言成對角線。

邢陌言看到顏末的動作，也沒說什麼，自顧自擺好姿勢，頭往後一仰，就閉上了眼睛，還低聲說了一句話。「不許吵。」

顏末翻了個白眼，誰想吵，跟鬼吵啊。

此時顏末正對著邢陌言，背對著山下的風景，看邢陌言覺得彆扭，低頭看溫泉池又怕頸椎疼，於是顏末一轉身，背對著邢陌言，趴在溫泉池邊，看風景去了。

等顏末轉身，邢陌言在他背後睜開了眼睛，不動聲色的打量顏末，越看，眉頭皺得越緊。

男人和女人終究不同，光從外表來看，身體部分就能分出許多不同來，撇開不好意思說的地方，單單背部線條就不同。

男人往往上寬下窄，肩寬腿長，女人也一樣，但女人線條更柔和，且就算肩寬腰細，那肩也寬不到哪裡去。

而且肩部往下還有弧度。

顏末就算身板瘦弱，但這背部線條也太柔軟了點。

溫泉霧氣蒸騰，感覺越泡越熱，眼前霧濛濛的，看東西都有些花了。

顏末低聲喘了一下，感覺大事不好，她胸口捂得緊，本來呼吸就不是很暢快，在溫泉池裡一泡，更有些頭暈腦脹，明明才泡沒多久。

這樣下去不行，可她又不能起身，那就直接暴露身分了。

顏末有些著急，不僅呼吸不暢快，還感覺臉上的妝有些花，她下意識抬起手摸向臉頰，用手指抹了一下臉。

明顯滑膩膩的感覺，雖然沒被水浸濕，但溫泉的水氣貼在臉上，臉就沒乾過，於是臉上這層妝就變成了薄脆，一碰就完蛋。

顏末再也不敢碰了，同時在心底狠罵邢陌言。

「阿嚏——」

邢陌言瀟瀟灑灑打了個噴嚏，伸手蹭了蹭鼻尖，抬眼一瞥顏末。「你是不是在罵我？」

顏末渾身一激靈，顫得分外明顯。

邢陌言看到顏末後背一抖，眼睛就瞇了起來，兩隻胳膊搭在溫泉池邊，一副大爺坐相，盯著顏末不放。「果然……」

「沒！」顏末微微偏頭。「我哪敢罵大人，也沒有理由罵啊！」

邢陌言哼笑一聲，動了動身體，帶來嘩啦一聲水響，無端撩撥得人心驚膽戰。「從我進來到現在，你移動了一次，挪到了離我最遠的地方，還背對我。」

「大人，我是想看風景。」顏末立即開口解釋，表面穩如泰山，實則心裡的小人捏起邢陌言就在狠踹，因為出口成章階段已經不足以彰顯她對邢陌言現有的感覺了。

這個男人實在太難搞了！

說到看風景，邢陌言的視線穿過顏末的肩窩，也看向外面，從他這裡看過去，山下的風景能看到一半，多半是天空和對面的雪山，風景還算不錯。

但能近處看風景，何必求遠呢？

於是邢陌言從溫泉池裡站起來。「我也看看風景。」

這雲淡風輕的一句話，嚇得顏末瞬間轉過頭，映入眼簾的，便是邢陌言強健的胸膛，水珠順著肌肉線條緩緩流下，遇到阻礙就變了路線，更顯男色惑人。

只一眼，顏末就立即轉回頭，但這一眼的印象已經深深刻印在她腦海裡了。

生活寡淡的顏警官哪裡見過這種陣仗，頓時覺得腦袋更暈了。

從溫泉池一側走到對面，根本用不了幾步，所以顏末連如何阻止邢陌言過來的開頭字都沒想好，就感覺身後邢陌言走到了她左邊側後方的位置。

溫泉池不大，兩個人並排看風景剛好，但會顯得很擁擠，而且顏末整個人佔據最中間的位置，胳膊都搭在溫泉池邊沿，占地面積遼闊，根本沒有邢陌言擠進來的空間，所以堂堂邢大人就只能站在稍後一點的位置了。

對此，顏末暗下決心，厚著臉皮裝聾子，也不給邢陌言讓地方。

走到近處，邢陌言偏頭看了看顏末，仍舊覺得顏末有些奇怪，但耳垂無耳洞，眉眼也不似女子柔和，聲音更不輕柔，儘管身板瘦小，但並不女氣，無論如何，邢陌言也無法準確下判斷。

但他心中那抹懷疑的念頭，卻仍舊在困擾他。

莫名其妙的，邢陌言就想伸手揉一下顏末的耳垂。

大瀚朝女子都會打耳洞，如果顏末是女子，必然也會有耳洞，但手才伸出去，邢陌言就頓了頓，皺眉，覺得自己魔障了，他竟然忘記了，顏末是不是大瀚朝人還要另說，所以看耳洞並不準。

但是別的地方……

邢陌言再次偏頭打量顏末，眼尾餘光被某種東西掃了一下，下意識看過去，發現在顏末右手邊，有一個小圓片，起初以為是一片銀色的小圓片，但再仔細看，卻發現了奇特之處。

顏末正屏息以待，但邢陌言卻沒再上前，也沒開口，她稍稍鬆了口氣，覺得邢陌言大概就看幾眼風景，沒準看完就走了。

可是還是放心得太早，下一秒，伴隨著水聲，純男性氣息越發明顯，邢陌言伸長一隻手臂，越過了她的肩膀。

胳膊和肩膀碰觸的感覺分外明顯，還帶著潮熱的濕氣，在胳膊擦過肩膀的時候，顏末下意識瑟縮了一下，身體往前靠，但本就貼在溫泉池邊上，再怎麼往前，也不過是挪動了一點點地方而已。

全身的感官好像都集中到肩膀處，明明已經拉開和邢陌言胳膊的距離，但汗毛直豎的感覺，細細密密的酥癢傳遞到心臟處，讓顏末十指忍不住緊緊扣住了溫泉池邊沿。

「這是什麼？」邢陌言伸手將小圓片拿起來，一低頭，發現自己已經將顏末圈在懷裡。眉梢禁不住挑起，邢陌言這才發現顏末真的很嬌小，身為男人，這樣的身板，難怪會一直被鍾誠均嘲笑。

微微往後退了兩步，走到顏末左側方，邢陌言將手伸到顏末眼前，那小圓片就清晰的倒映出顏末紅紅的臉頰，臉上被熱氣蒸出細小的汗珠，鼻尖一粒圓滾滾，要落不落，眼睛都被熏成了水潤的模樣，看起來……

看到鏡子裡的自己，顏末心下一驚，意識陡然清晰起來，下意識一偏頭，咳嗽了兩聲。

邢陌言手指頓了頓。「這是什麼？裡面的東西竟然與現實無任何差別，比銅鏡乃至琉璃還要清晰千倍。」

「它就叫鏡子。」顏末又咳了幾聲。「玻璃鏡子。」

「玻璃……」邢陌言看了手中鏡子一眼，又去看顏末，只是顏末此時已經把頭偏向另一邊，只留下線條柔美的脖頸，就赤裸裸暴露在他眼前。

「大人，小人泡得有些口渴，還有些疲累。」顏末的聲音有些可憐巴巴。「能不能請大人去拿些水來？」

邢陌言微一挑眉。「我可以扶你……」

「這個鏡子就送給大人了。」顏末又立即開口。「求求大人了，小的起不來，估計喝點水就好了。」

邢陌言喉結滾動了一下，寬大修長的手掌一合，將小鏡子緊緊握在自己手裡，隨即深深看了顏末一眼，轉身，大長腿一邁，就上了岸。「等著。」

撂下兩個字，邢陌言披上浴袍就出去了。

等邢陌言離開，顏末立即攀著溫泉池，也爬上了岸，哪怕頭暈乎乎的，她也不敢稍作停留，狠狠咬了自己下唇一口，疼得一機靈，但好歹也清醒了不少，趁此，顏末立即將浴袍穿上。

坐在通風口處，被冷風一吹，終於舒服了，如果不是怕引起邢陌言的懷疑，此時顏末肯定換好衣服就跑了。

下次說什麼也不來泡溫泉了，差點要了她半條命。

才坐下沒多久，外面就響起腳步聲，然後就是邢陌言推門進來，手中端著一杯茶水，看到顏末已經離開溫泉池，穿著浴袍坐在石凳上，邢陌言神色自若道：「不是說太累了，挪不動身體嗎，怎麼我一走，你倒是能動彈了？該不會故意想支使我？」

顏末連忙搖頭。「小的怎麼敢？之前是真的暈，不過大人走了，空氣流通了一些，所以好點了，這不立刻跑上來了嗎？」

邢陌言挑眉。

「可能大人太威武了，連空氣都被阻擋了。」顏末拍著馬屁。「還請大人給我一口水喝，小的到現在還有點暈。」

邢陌言走近顏末，將茶杯遞過去，待顏末伸手接茶杯的時候，他一把抓住了顏末的手，低頭湊近。「你的嘴怎麼了？」

顏末陡然一驚，反應過來後，看到的就是邢陌言湊近的俊顏，眉眼帶著侵略性，哪怕此時神色溫和，還是讓顏末很不自在。

「大人……」顏末往後仰。「就剛才腦袋清醒了一下，怕再待在池子裡會暈過去，所以趁熱打鐵，咬了自己一口，要不然也爬不上來。」

邢陌言鬆開顏末的手腕，嗤笑一聲。「你倒是對自己下得了狠手。」

「不過是咬一口。」顏末擺擺手，說得毫不在意，端著盛滿水的茶杯，咕咚咕咚就開始喝，看樣子是真的很渴。

邢陌言拿出顏末給他的小鏡子，除了那層玻璃鏡面，周邊包裹的銀邊也不知道是什麼材質，花紋線條流暢，沒有一絲打磨的痕跡，入手光滑，整體精緻秀氣。

「這鏡子不像是男人的東西。」

「哢噠。」

茶杯蓋捧在了茶杯上。

顏末抬頭看邢陌言，心中不由得湧現出一抹難以自持的想法，不如把所有秘密都告訴邢陌言好了，不然心太累了，每次都猝不及防來一擊，她早晚心肌梗塞。

可顏末每次動搖的時候，看著邢陌言那張臉，就不想讓對方太得意。

第十四章

「大人，我長得也不差。」顏末指了指自己的臉。「還是有女孩中意我的。」

也就是說，這小鏡子是女孩送給她的，可不是她自己買的。

可誰知邢陌言聽了這話，卻連笑了好幾聲，隨後上下打量顏末，眼中帶著懷疑。

就算是她自己買的，此時顏末也覺得自尊心受到了挑釁。「大人不信?!」

「我只是好奇送你鏡子那女孩長什麼樣子。」邢陌言嘴角挑著笑。「她一定很善良。」

靠，艸！

溫泉池還在蒸騰著熱氣，顏末不想再和邢陌言探討關於男性魅力的話題，喝過水之後，坐在石凳上，托著下巴看山下的風景，而邢陌言則是又脫去浴袍，一邊泡溫泉，一邊研究手中的小鏡子。

在心裡嘆了口氣，顏末偷偷瞥了眼邢陌言，暗自腹誹，她來這裡是找罪受了，這個男人倒是好好享受了一番，看那樣……帥是帥，但怎這麼氣人呢。

沒好氣的白了邢陌言一眼，顏末繼續看著山下風景。

還是山下風景好看。

山巒峭壁，崎嶇的山路被冰雪覆蓋，但山中長著常青樹，又綠意盎然，白色和綠色交織在一起，夾雜著天空的藍，別有一番趣味。

但這時，山下卻出現了不一樣的色彩，一個女人蹣跚跑在崎嶇山路上，仔細看，腳步慌亂，衣著單薄，甚至有些衣不蔽體。

只一眼，顏末就皺起了眉，怎麼有一個女人單獨出現在山裡？顯然是遇到了什麼狀況，想到此，顏末就想下山去看看。

她還來不及動作，便又發現女人身後有一個男人追上來。

「糟了！」

顏末低喊一聲，也來不及和邢陌言解釋，穿著浴袍就跑了出去。

光腳踩在地上，青石板雖打掃乾淨，但也有小石子，非常硌腳，不過這也阻擋不了顏末奔跑的速度。

得益於職業素養，在來溫泉山莊的時候，顏末下意識觀察了整個山莊的佈局，此時在腦海裡飛快掠過山莊地圖，抄近路跑到山莊外面，節省了不少時間。

從泡溫泉的房間往下看，女人所在的地方，位置偏僻，路更不好走，所以一跑到這條路上，沒幾步距離，顏末的腳板就傳來清晰的痛感。

溫熱的血液從腳下流出，那感覺挺痛的，痛得顏末齜牙咧嘴，但也不敢稍作停歇，奔跑的速度依舊很快。

而與此同時，她也聽到了女人掙扎叫喊的聲音，再跑幾步，就看到一個男人將一個女人壓在身下，還試圖捂住她的嘴。

顏末一邊跑，一邊用目光在地上搜尋，隨手抓起一塊分量不小的石頭，大喊一聲。「哎！官差來了！」

等那男人驚駭抬頭，顏末的石頭也已經瞄準扔了過去。砰地一聲，石頭砸到了男人後腰的位置。

顏末跑到女人身邊，連忙將女人扶起，護在自己身後，同時警戒的看著男人。「光天化日之下，你想幹什麼？」

男人長得一副老實相貌，看起來不到三十的樣子，他從地上站起來，打量完顏末，臉上驚恐的表情就變了。「給老子滾開！這娘們是老子媳婦兒！老子管教自家婆娘，關你什麼事！」

顏末皺緊眉，轉頭看了女人一眼，語氣輕柔道：「他說的是真的？」

女人臉色蒼白，大冷的天，身上只穿了件單薄的外套，有些地方還破了，露出被凍得通紅的皮膚，皮膚上面有青紫的痕跡。

顏末看著，只覺得怒氣上湧，但女人看著她，顫抖著開口。「是……是真的。」

男人聽女人這樣說，語氣微揚。「你聽到了吧，趕緊給老子滾，老子……啊——」

顏末一腳踹到男人腹部，將男人踢退好幾步。「跟我去官府，有什麼話，等你到了官府……」

「不！不要……」

女人驚恐的聲音從身後傳來，顏末詫異的回頭，怎麼都沒想到先開口拒絕她的，竟然是這個女人。

「臭小子，你聽到了吧。」男人惡狠狠的盯著顏末，衝上來要揍顏末。「老子都告訴你不要多管閒事了！」

砰——

又是一腳，顏末毫不留情再次將男人踹倒，同時卻不由得皺了皺眉，腳底有好多傷口，用同一隻腳踹對方，也踹疼自己了。

兩隻腳下去，男人被徹底激怒。

就顏末這身板，男人之前根本沒將他看在眼裡，但怎麼都沒想到顏末力氣竟然這麼大，這兩腳下去，他腹部疼得要死，但即使這樣，也沒教會男人如何做人。

男人不信邪的怒吼著衝向顏末，突然間，斜側方飛來一塊石頭，直接砸在男人腿上，那衝擊力，讓男人瞬間撲倒在地。

顏末驚訝的看過去，就見已經穿戴整齊的邢陌言出現在不遠處。

邢陌言臉色略有些嫌棄。「我衣服都穿好了，你事情還沒處理好？」說完，邢陌言扔給顏末一條帶子。「把他綁起來。」

「這不是我的腰帶嗎？」顏末瞪大眼睛拿起地上的帶子。

「你們憑什麼綁我?!」大概是看又來了一個男的，男人不再像剛才那樣強硬，從地上瘸著腿爬起來，去拉顏末身後的女人。「今天就算我倒楣，不跟你計較了。臭娘們，妳趕緊跟我回去！」

女人瑟縮著搖頭，嘴裡直說不，抗拒的分外明顯。

顏末不免覺得奇怪，這女人不想去衙門，但又不想跟男人走，她到底想幹什麼？但不管怎麼說，這其中肯定有問題，所以顏末走上前，一腳踢在男人剛才被擊中的腿部，在男人跪到地上之後，拿自己的腰帶將男人綁了起來。

男人還想再嚷嚷，但邢陌言這時拿出了官府權杖，瞬間就讓男人變成了鵪鶉。「你們……你們真是官差？」

顏末給男人綁了個死結。「開頭就跟你說了，官差來了！」

這會兒，鍾誠均和陸鴻飛也帶著人趕了過來。

「把這兩個人帶回去。」邢陌言一招手，讓人帶著這兩個人離開。

顏末邁著小碎步跟在隊伍最後面，她不是不想走快點，是沒辦法走快，現在精神放鬆下來，疼痛就更加明顯了，比踩了腳底按摩板還疼，如果不是怕自己一個人被落在山上，她真想席地而坐，等傷口結痂再走。

「嘶……」小聲抽著氣，顏末低頭看了看身上的浴袍，想著要不然把衣服下襬扯下來包在腳上好了，不然走到溫泉山莊得疼死。
「蠢。」
顏末抬起頭，發現邢陌言在旁邊，兩人對視一眼，不由得停下腳步。
邢陌言低頭看顏末的腳。「跑出來不會穿鞋嗎？」
「那大人有空穿好自己的衣服，沒空幫我拿鞋嗎？」顏末毫不客氣的回應道。
邢陌言摸了摸下巴，抬頭望天。「著急，忘了。」
「著急？」顏末歪頭不解。
這時候，前面傳來了鍾誠均的喊聲。「你們兩個幹麼呢？怎麼不走了？還有，陌言，你下次能不能別撂下一句話就走啊，著什麼急，我還以為發生不得了的事情了，帶了這麼多下人出來，結果就抓一個你們早就綁好的男人。」
邢陌言瞇起眼睛。「話多。」
隔了好幾公尺遠，鍾誠均根本沒聽到邢陌言說了什麼，但是敏感的察覺到了危險的氣息，立即閉上嘴，轉身就走。
邢陌言嘆了口氣，走到顏末前面，微微屈身。「上來吧。」
顏末傻眼，嚇得倒抽一口氣。「大人？這……這使不得吧。」
邢陌言有些不耐煩。「沒什麼使不使得，揹著你，我又不會掉一層皮下來。」
顏末眨眨眼，還是有些不敢相信，堂堂大理寺卿，竟然願意揹著一個下屬？她伸出手指戳了戳邢陌言的後背，試探道：「那我上去了哦？」

「你還是不是男人？磨磨唧唧的。」邢陌言扭頭瞪了顏末一眼。「再不上來，我就把你棄在這裡，讓你自己一個人慢慢磨蹭回去。」

「哎呀，別呀！」顏末不敢再廢話，連忙爬了上去。

邢陌言後背寬闊，顏末趴在上面，待得很穩當。

等顏末趴好，邢陌言托著顏末的腿彎，準備前行，但才直起身，突然頓了頓。「你一把力氣都練到哪裡去了？身上怎麼軟趴趴的。」

「什麼軟趴趴……」話沒說完，顏末突然意識到邢陌言指的是什麼了，她臉色瞬間緋紅一片。

此時胸膛貼著後背，那叫一個親密無間，可不就讓人感覺到軟趴趴的。

不動聲色的挺直身體，顏末尷尬的笑了兩聲。「我力氣大是天生的。」

邢陌言輕哼一聲，也不知道什麼意思。

顏末清清嗓子，轉移話題。「大人，賠我一條腰帶吧。」

「那腰帶還能用。」邢陌言立即回絕道。

「大人還真是不講究。」顏末撇撇嘴，想回應一句那怎麼不用你的腰帶，不過想想還是算了，邢陌言肯紆尊降貴揹自己，讓她現在挺感動的。「對了，大人覺得那兩人什麼情況？」

顏末將邢陌言沒來之前發生的事情簡單說了一下。

「那個女的好像很懼怕那個男的，但是讓她去衙門，她又很恐懼的樣子。」顏末咬咬嘴唇。「是被家暴了嗎？可是家暴會跑到這種山裡面來？而且那女的穿著破爛，男的卻穿戴整齊，恐怕也不是家暴那麼簡單。」

「那男的應該是獵戶。」邢陌言開口道。

「獵戶？」

「他腳上穿的是獵戶經常穿的厚皮靴，方便進山打獵，而且手指內側有硬繭，和幹農活長硬繭的位置不同。」

顏末驚訝的看了邢陌言一眼。「大人觀察好仔細，不過大人怎麼知道經常打獵的硬繭和經常幹農活的硬繭有何不同？」

「用腦袋想想就知道。」邢陌言回頭瞥了顏末一眼。「你腦袋用來當擺設的嗎？」

顏末氣結。「……」

天空開始下起了大雪，風一吹，在地上打著旋，帶起一陣涼意。

顏末被邢陌言揹著回到溫泉山莊，江月和她三個小姊妹已經穿好衣服在門口等著。

走回來這麼一會兒，青石板上已經鋪上了一層薄薄的雪，顏末低頭看了看，不由得心疼自己的腳丫，此時她的腳丫子已經凍得沒有知覺了。

陸鴻飛指了指馬車廂。「裡面有暖爐，你的鞋襪也放裡面了。」

「謝謝。」顏末連忙道謝，想拍著邢陌言讓他快點走，趕緊把自己送上馬車，但求生慾讓她按捺住自己蠢蠢欲動的手。

江月聽到陸鴻飛的話，轉頭看了過來，頓時一驚。「末末，妳的腳怎麼了?!」話說著，江月就提著裙襬，從溫泉山莊門口跑了下來，但還未走到顏末身邊，就被鍾誠均提住了後衣領。

鍾誠均像提小雞一樣提著江月，還左右晃了晃，咬牙道：「月月，妳叫他什麼？」這是真生氣了。

江月乖乖任提，伸手拍拍鍾誠均的胸膛。「別鬧，我拿末末當弟弟看呢，你也知道，我一直想有個弟弟或妹妹，末末很合我眼緣。」

鍾誠均看了江月一眼，又瞪了顏末一眼，收到了兩道無辜視線，見這兩人神態自若，鍾誠均這才放開江月，但語氣仍舊泛酸，抱怨道：「那也不用叫得那麼親熱吧。」

江月小小哼了一聲。「我樂意。」說完就跑到了顏末身邊。

顏末被邢陌言放在馬車上，正貓著腰，往車裡搆襪子，打算穿上襪子就爬車裡取暖。

「末末，疼不疼啊？」走到近處，江月看清楚顏末腳底下的傷口，小臉都皺了起來。

顏末搆到襪子，一邊穿，一邊笑呵呵回道：「不疼，天氣這麼冷，傷口都凍住了，沒感覺。」

「回去我拿藥給妳。」

顏末點頭啊點頭，笑咪咪的樣子。

邢陌言和陸鴻飛說完話就走了過來，江月看了眼邢陌言，然後跑走了。

第十五章

「樂什麼呢？」邢陌言皺眉看著顏末。「不是說冷，還不爬回馬車？」

顏末笑著不說話，她覺得高興罷了，被邢陌言揹回來，一回來，暖爐和鞋襪都已經備好，她覺得很窩心，還有來自大家的關心，也讓顏末高興，所以想笑就笑了。

穿好襪子，顏末轉身爬進馬車，不過爬進去前，回頭看了眼邢陌言。

她剛才注意到了，邢陌言走過來，江月就跑走了，好像生怕和邢陌言挨得太近，但兩人關係還算可以，畢竟江月是鍾誠均的未婚妻，平時見到，說話都客客氣氣的。

但顏末仔細想了下，江月作為孔鴻的徒弟，平日來大理寺的時候很多，但除非必要，江月一直都避著邢陌言，不僅是江月，這次江月帶來的三個小姊妹，也沒有一個湊到邢陌言身邊，就連和邢陌言說句話都少得可憐。

所以邢陌言是女見愁嗎？看來他真的不喜身邊出現女人，不過邢陌言到底做過什麼，才讓這麼多可愛的女孩子自動遠離他？

爬進馬車裡，顏末盤著腿，腳心對腳心坐好，將暖爐放在自己兩隻腳中間，思緒還放在邢陌言身上。

她覺得邢陌言是一個很矛盾的人，看起來不近人情，說話毒辣得很，一本正經對人的時候，絲毫不給人留情面，但他卻能放下身分，揹她這麼一個小小的衙役回來，而且平日也不擺架子，位高權重，卻不眼高於頂。

「其實是有些溫柔吧……」顏末托著下巴，喃喃自語道。

馬車門簾被掀開，邢陌言鑽進來，往顏末腦袋上扔了一個東西。

「哇……」顏末嚇了一跳，連忙把糊在自己臉上的東西拿下來，一看，原來是之前綁人的腰帶，捧著腰帶轉過頭，就見邢陌言已經在馬車裡坐好。

「腰帶給你拿來了，衣服也在這裡，趕緊換上吧。」邢陌言好整以暇的看著顏末，掀開簾子看了看。「這雪估計還要下很久，你穿著浴袍不保暖。」

顏末眨眨眼。「大人……不去騎馬嗎？」

邢陌言回頭看了顏末一眼。「你想凍死我？」

顏末順著邢陌言掀開的簾子往外看，指著鍾誠均。「鍾大人不就在騎馬嗎？」

邢陌言嗤笑。「他皮糙肉厚的，能跟我比嗎？」

顏末沉默。「……」

馬車外的鍾誠均牽著韁繩，轉過頭，沈默的看了邢陌言一眼，又對比了一下自己，然後又沈默的轉回頭……無話可說。

溫柔什麼溫柔，她估計是腦袋當機，才會覺得邢陌言有點溫柔。

顏末展開腰帶，又看了看旁邊的衣服，果斷直接將衣服往身上套，讓她脫浴袍換衣服什麼的，門都沒有，窗戶更沒有。

邢陌言看了顏末一眼，沒有說什麼。

因為來的時候只有一輛馬車，所以等顏末穿好衣服後，江月和三個小姊妹也上了馬車，四個人上來的時候，還在閒聊呢。

「哎，月月，妳的妝容是怎麼畫的啊，為什麼沒有花掉？」

「對啊，我臉上的妝都有些花了，妳額頭的花鈿還是那麼好看。」

「快快說，妳是不是換了一家鋪子買胭脂水粉了？」

顏末聽著幾人的對話，心中略有些得意，雖然以前經常加班超時工作，連打扮的時間都沒有，但身為女人，該有的技藝還是有的。

邢陌言看了眼江月額頭的花鈿，又掃了下江月的眼尾，突然開口。「妳的臉碰水了嗎？」

江月有些驚訝邢陌言會主動和她搭話，她點點頭。「碰了。」

旁邊有個女孩看了看邢陌言，壯著膽子開口。「就是因為月月的臉碰水了，我們才覺得她的妝沒花很神奇。」

邢陌言點點頭，便不再說話。

顏末在旁邊聽得簡直心驚肉跳，她可不認為邢陌言是閒閒沒事才向江月問話，但邢陌言又好像只是單純的好奇，問完也不再說其他的，臉色也如常。

江月幾個見邢陌言扭頭看窗外風景，也就自己聊開了，不過聲音很小，顏末也不好湊過去聊天，只能自己一個人發呆，然後胡思亂想、心驚膽戰得怕邢陌言發現她的偽裝。

但邢陌言應該想不到吧，江月也聰明，哪怕小姊妹問了好半天，也都敷衍過去了，只說是幸運才沒讓妝花掉。

回到了大理寺，顏末掛心那一對男女的情況，腳上的傷口潦草處理了一下，上好藥，左右踢著腳，來到了審問的地方。

那男人早沒了之前的硬氣，見竟然被帶到大理寺，腿就軟了，此時跪在地上直抖，女人臉色也慘白，眼神說不出的恐懼。

顏末覺得奇怪，明明女人才是受害者，可她恐懼什麼？

先簡單問了幾個問題，瞭解到男人叫石田，是山下石墨村裡的獵戶，而女人叫王春瑤。

「大人英明啊，小人……小人就是管教自家媳婦兒，真的沒做過任何傷天害理的事情。」石田苦著臉說道，同時推了王春瑤一把。「妳說說，我待妳如何，如果不是妳不聽話跑出來，我會打妳嗎？」

王春瑤抖了一下，低下頭，半晌，才啞聲開口。「是……是我的錯。」

聲音小得可憐，看樣子不像是給石田辯解，倒像是受了威脅，迫不得已開口似的。

顏末深吸一口氣。「這位姑娘，妳不用怕，受了什麼委屈，說出來就是了，我家大人會給妳做主。」

邢陌言淡淡的瞥了眼顏末。

王春瑤抬頭看向顏末，眼裡情緒不明，似乎想說點什麼，但她很快又低下頭，沈默以對。

石田憤恨的看了顏末一眼，對顏末不滿到了極點。

「大人，小人管教自家媳婦兒，天經地義，這應該沒問題吧。」石田憋著氣，聲音嗡嗡地。

一旁聽著的江月有些炸，指著王春瑤身上的傷口。「這是你所謂的管教媳婦兒？你媳婦兒身上都是傷口，我看她不是你媳婦兒，是你仇人吧！」

石田無所謂道：「是她不聽話，不過是下手重了點，大不了我下次輕點……」

在顏末和江月的瞪視下，石田的聲音越來越小，但他臉上的神色卻仍舊不以為然。

「管教自家人，的確天經地義，沒有問題。」這時，邢陌言開了口。

聽到邢陌言這話，顏末立即扭頭看過去，眉頭皺得死緊。「大人……」

邢陌言擺擺手，讓顏末先別說話，而後看向石田。「把你們成親的契書拿來，我就放你們離開。」

石田臉上本來有些喜意，但聽到邢陌言後面一句話，臉色瞬間大變。

顏末看見石田臉色的變化，馬上意識到了問題。「她根本不是你的媳婦兒！你撒謊！」

邢陌言哼笑一聲，將手中的茶杯放在桌上，發出哢噠一聲響，響得石田不由得抖了一下。「你膽子倒挺大，竟故意隱瞞和欺騙朝廷命官？」

大冷的天，石田額頭卻冒出了汗水，他抖著聲音開口。「大……大人，是小人說錯了，她……她是我未過門的媳婦兒。」

「你還撒謊?!」顏末一點都不信石田說的話，如果不是邢陌言有這樣一問，估計就讓石田糊弄過去了。

「我沒有！」石田拚命搖頭，求饒似的看向邢陌言。「大人，小人不敢撒謊，她真的是我未過門的媳婦兒！」說完，石田轉頭看向王春瑤，伸手推她肩膀，神色急切。「妳倒是說話啊，妳無依無靠的，住在我家裡，我都說了會娶妳！」

王春瑤像是才回過神，她顫巍巍抬頭看了眼石田，模樣有些瑟縮。

「妳快說話！」石田怒吼道。「妳說，妳是不是我未過門的媳婦兒！」

王春瑤嚇得一抖，唯唯諾諾的點頭。「是……我是……」

顏末真想一腳踹死石田，就算王春瑤真的是石田未過門的媳婦兒，但石田這樣的態度，也不配當人家的未婚夫。

得到王春瑤的回應，石田就又轉過頭看向邢陌言。「大人，你也聽到了……」

邢陌言盯著石田看了良久，看得石田兩股戰戰，這才開口。「既然是你情我願的事情，那便算了。」

石田臉上一喜。「那……那我們是不是可以回去了？」

「可以，不過……」邢陌言托著下巴，話鋒一轉，看向顏末。「顏末。」

顏末一愣，看向邢陌言。

邢陌言修長的手指點了點王春瑤。「這一起烏龍是你引起的，辦事不力，罰你出錢給這位……這位姑娘治傷，治好傷之後，再親自送這位姑娘回去。」

石田一聽，連忙擺手。「大人，不用麻煩了，小人怎敢讓……」

「不麻煩。」邢陌言換了隻手托下巴，聲音懶洋洋。「也算是讓本官的下屬賠禮道歉。」

按理說，要讓顏末賠禮道歉，也應該是帶著石田去看傷，畢竟石田還被顏末踹了兩腳，那兩腳可不輕，可邢陌言卻隻字未提石田身上的傷，還三言兩語將石田打發走了。

石田走的時候，兩步三回頭看向王春瑤，表情還有些糾結，但王春瑤卻一直沒回頭看石田。

等石田離開後，顏末走上前，想扶起王春瑤，但她的手剛碰到王春瑤胳膊，就見王春瑤劇烈抖了一下，像是怕極了讓她碰觸。

顏末皺眉，後退一步。

她想起回來的路上，王春瑤也是躲著人走，好像很怕被人碰似的。

「讓江月過來帶她去看傷吧。」邢陌言說完，朝顏末勾勾手指。

門外有小廝跑走，大概是去叫江月了，此時江月應該和鍾誠均待在一塊。
顏末看了眼王春瑤，然後走到邢陌言身邊站好。
這位大爺自從坐在這，屁股都沒挪動一下，顏末往下一瞥，就見椅子上鋪著軟墊，想必這位爺坐著賊舒服，一副享受的樣子。
「大人，什麼事？」顏末微微躬身問道。
邢陌言朝顏末招招手，那意思——不夠近，要說悄悄話。
顏末無奈。「……」又彎下腰湊近幾公分。
邢陌言嘖了一聲，伸手拽住顏末衣領子，往下一扯，直到顏末耳朵湊近他的嘴唇，這才小聲開口。「去叫朱小谷跟著那獵戶，打聽打聽消息。」
顏末捂著被扯的衣領子，莫名有些羞憤，感覺被噴了熱氣的耳朵在發燙，等邢陌言說完話，她立即直起身子，惱怒的瞪了邢陌言一眼，轉身跑走了。
邢陌言看著顏末的背影，想起剛才驚鴻一瞥的紅耳朵，還有瞪他的眼神，伸手摸了摸下巴。「怎麼跟個女人似的。」
等顏末吩咐完朱小谷，想去江月那邊看看王春瑤時，卻被陸鴻飛攔住了去路。
「顏末，去量一下尺寸。」陸鴻飛遞給顏末一個卷尺。
顏末接過，有些奇怪。「量尺寸幹麼？」
陸鴻飛看了顏末一眼。「五天之後，皇上會設春宴，到時候宴請文武百官，你應該會跟著陌言去，所以去做一件新衣服吧。」

顏末看了看手中的卷尺，遲疑道：「不給報銷嗎？」

陸鴻飛輕笑一聲。「你可以去問問陌言。對了，量好尺寸，去霖衣坊找林繡娘就成，上次她幫了忙，說好了以後會照顧她的生意。」

顏末點點頭，不甚高興的捧著卷尺走了。

安身立命的根本是什麼，是銀子！也不知道大理寺這群人怎麼回事，一個個摳摳索索，做件衣服都不給報銷！

顏末在心裡腹誹半晌，將卷尺往腰間一塞，眼不見心不煩，走到大理寺後院，見鍾誠均坐在院子中的石凳上，石桌上放著熱茶。

見顏末走過來，鍾誠均揮揮手。「小顏，過來坐啊，月月在屋裡給那位王姑娘上藥呢。」說罷，鍾誠均一揮衣袖，將身旁一個石凳上的積雪掃光，指著讓顏末坐下。

顏末抽了抽嘴角，這位少爺也是個不講究的，還有，小顏是什麼鬼？

第十六章

「我想清楚了，既然月月當你是弟弟照顧，那以後我也會當你是弟弟照顧。」等顏末坐下，鍾誠均伸出大手，可勁地拍顏末後背。「兄弟以後有什麼事儘管說，別客氣。」

「咳咳……」顏末咳了幾聲，看了看鍾誠均，也笑著伸出手，可勁地拍鍾誠均後背。「呵呵，好說好說，以後鍾大人有什麼事，也儘管說就是了。」

鍾誠均一嗆。「咳咳……」

兩人對視一眼，同時收手。

過了會兒，江月推門走了出來。

鍾誠均連忙站起來。「月月，坐我這兒，給妳焐熱了。」

江月神色有些不好看，似在想些什麼，聞言拍了拍鍾誠均胸膛，這才笑了一下，然後坐在顏末旁邊，感受了一下，確實焐得暖和和，於是小聲嘀咕了句。「屁股還挺好使。」

「噗——」顏末一口熱茶就噴了出來，神色驚訝的看向江月，這位小姊姊原來是這款的嗎？

「哎呀，末末，妳竟然噴茶水！」江月嫌棄的看了眼顏末。

顏末無語。「還不是因為妳語出驚人。」

江月笑咪咪，扭頭看向鍾誠均，然後在鍾誠均通紅的臉上摸了一把。「他是我未婚夫好不好。」

言下之意：我怎麼說都可以。

顏末頓時感覺自己噎得慌。

「好了，說正事。」江月雙手抱胸，皺眉道。「我剛才給王春瑤上藥，她身上有好多傷口……」邊說邊咬著牙，似乎很憤怒。

顏末和鍾誠均對視一眼，難得見江月這麼生氣。「什麼樣的傷口？」

江月深吸一口氣，低聲道：「掐的、捏的、揪的、抽的，有些是傷疤，有些是新傷。」

顏末狠狠一拍石桌。「早知道就不應該放石田離開！」

「我還沒說完呢。」江月嘆了口氣。「王春瑤很抗拒別人碰她，我也沒辦法仔細檢查她的身體狀況，不知道她是否還遭受其他傷害，而且她精神狀態很不好，我在給她上藥的時候，放了點安神香，現在她睡著了。」

「得想辦法拖延，不能讓王春瑤就這樣回去。」鍾誠均捏捏江月的衣袖。「月月，就靠妳了。」

江月一撩頭髮，朝鍾誠均眨眼。「放心吧，誠均哥哥～～」

鍾誠均又臉紅了。

顏末端著茶杯撇撇嘴，在石桌底下伸腳踹江月，讓她收著點。

「對了，我聽陸大人說，五日之後皇宮會舉辦春宴？」顏末想起自己腰間的卷尺，順便問了一嘴。「春宴上一定有很多人吧，那我可不可以不去？」

「當然不可以。」江月搖頭。「邢大人肯定不會同意，而且大理寺人丁單薄，妳難道不跟著大人去撐場子？」

顏末無語望天，所以她的存在就是給邢陌言撐場子？

大理寺也是奇葩，明明是個大衙門，但人卻很少，而且裡面的人明明職位很高，但卻很摳索，朱小谷天天說他們是清水衙門，也不知道錢都花哪去了。

江月好奇道：「末末，妳為什麼不想去？」

顏末摸摸鼻子，從腰間拿出卷尺。「我要自己去做衣服，聽說霖衣坊的衣服都很貴。」

江月看看卷尺，又掃掃顏末，突然眼睛一亮，捂著嘴笑了一下。「哎，末末，我資助妳吧，正好我這兩天也要做衣服。這樣吧，明天我和妳一起去霖衣坊……」

「咳咳，我也去。」鍾誠均立即開口，順便瞪了眼顏末。

江月。「誠均哥哥，你不是說明天大皇子要請你們吃飯？」

鍾誠均嘖了一聲，雙手撐在大腿上，有些鬱悶。「我和陌言說一聲……」

「如果能推的話，邢大人就不會答應了。」江月笑咪咪道。「放心，不用擔心我和末末的安全，末末會功夫。」

顏末在一旁聽著，嘴角憋笑，看來鍾誠均被江月吃得死死的，這哪是擔心她們的安全，明明是怕她們兩個單獨相處。

「大皇子怎麼突然要請客？」顏末好奇道。

鍾誠均笑了笑。「我們小時候是玩伴，一起在國子監讀過書，明天是陌言生辰，所以大皇子說要請客。」

顏末張大嘴，驚訝道：「大人生辰？」

「末末，妳不知道？」江月歪頭。

「我哪知道這件事。」顏末搖搖頭，還覺得有些不可思議，沒想到明天竟然是邢陌言的生辰。「那大人生辰，不大辦嗎？」

鍾誠均擺擺手。「從來都不大辦，每年也就我們幾個吃頓飯而已。」

顏末點點頭，這種「節儉」的作風，倒是很符合邢陌言的性格。

第二天一早，江月就來大理寺抓顏末，說要帶她去買衣服，前所未有的積極，看得鍾誠均又醋意大發，但這兩人實在坦坦蕩蕩，看著也就是姊弟之情，而且他也相信江月為人，所以哪怕心生醋意，還是放兩人走了。

顏末倒情願鍾誠均能阻攔一下，因為她看江月這副積極的樣子，總有種不好的預感。

不得不說，女人還是最瞭解女人的。

霖衣坊在城東，這裡鋪面林立，胭脂水粉鋪、玉器鋪、書畫鋪等等應有盡有，而霖衣坊則佔據了很大一個鋪面，很受貴族少爺小姐們歡迎。

江月先是帶顏末去了胭脂水粉鋪，一邊挑挑揀揀，一邊問顏末喜歡哪些。

顏末也是第一次逛古代的「化妝品店」，於是很感興趣的看了起來，順便瞭解一下這裡的東西，等以後小箱子裡的化妝品用完，正好可以過來買。

江月興致勃勃的給顏末介紹這裡的胭脂粉黛，顏末也興致勃勃的諮詢各種問題。

半晌，江月默默的請來店鋪掌櫃，給顏末介紹，她自己則在一旁托著下巴聽，心中納悶，想她江大小姐有錢有勢，擁有無數胭脂粉黛，每一款新出的胭脂粉黛也從未錯過，算是閱歷無數，怎麼末末嘴裡那些東西聽都沒聽過。

什麼叫修容啊？打光又是什麼？眉筆和眉粉有什麼區別？化妝刷又是什麼？口脂除了大紅、深紅、淺紅，還有磚紅、玫紅、楓葉紅和西瓜紅嗎？西瓜紅是西瓜做出來的口脂嗎？梅子色又是什麼色？豆沙色是豆沙做的嗎？

江月捧臉，嘴巴張成O型，崇拜的看著顏末，覺得自己十幾年都白活了。

店鋪掌櫃一開始還能應對自如，等顏末問得越多，她額頭上的汗就越多。「這個……這位小姐，您問的這些，我也不清楚，我是賣胭脂水粉的，不是做這些的，呵呵……」

就算她是做胭脂水粉的，恐怕也沒聽過這位小姐嘴裡說的那些，這是砸場子來的吧？

見老闆娘臉色逐漸變得不怎麼好看，顏末終於悻悻閉上嘴，尷尬的朝老闆娘嘿嘿笑了兩聲，女人的購物天性上來，突然就剎不住車了。

江月眯眼，扯了扯顏末的袖子，湊到顏末耳邊。「末末，我爹有權，我娘有錢。」

顏末嘴角抽了抽，斜眼看江月。「所以？」

「我娘的嫁妝裡有好幾家水粉鋪，這些水粉鋪都給我了，目前都是我在打理。」

顏末納悶。「妳還有空打理水粉鋪？不是整天追著鍾誠均跑，就是跟著孔先生學驗屍嗎？」

江月嘖了一聲。「好歹我也是貴小姐，有錢還有人。」

「嗯，然後？」顏末歪頭。

「然後妳有見識和想法。」江月用胳膊拐了拐顏末，笑得不懷好意。「末末，妳缺錢不，入我的股，我七妳三怎樣？」

顏末張了張嘴，可算明白了江月的意思，怪不得剛才不說話，托著下巴一臉沈思相，原來打的是這個主意。

「我就出主意？」顏末摸了摸下巴。「然後就獲得三等分成？」

江月眨眨眼。「好像是我吃虧了……那……」

顏末一拍手。「成交！」

江月張大嘴。「……」

看江月震驚得一臉恍惚，顏末笑著拍了拍江月的肩膀。「月月，有了我，妳掙的錢能翻倍。」

江月斜了眼顏末，哼哼兩聲。「太奸詐了。」

「這可是妳說的。」顏末聳聳肩。

「要是掙不了那麼多錢，我就把妳賣了。」江月摸了摸下巴。「賣給邢大人，告訴他，妳的小秘密……哎呀……」江月捂住脖子，不滿嘀咕。「掐我……」

有了錢，要做什麼？

顏末用行動表示，當然是買買買，背靠大樹好乘涼，現在花錢有底氣！

逛完胭脂水粉鋪，江月和顏末這才到了霖衣坊。

霖衣坊的林繡娘特意出來迎接兩人，捂著嘴笑。「大理寺還真是守信用，昨天邢大人也在我們這裡下單了呢。」

顏末和江月對視一眼。「大人也在這裡訂了衣服？」

「是呢。」林繡娘點點頭，招呼顏末和江月看布料，說她們人多，今天看完布料，兩天後就能取衣服了。

顏末很快就選了藏藍色的布料，這個顏色暗沈低調，價格也合適，給她做男士衣服正好，不張揚也不顯眼。

選好布料後，顏末就將自己量好的尺寸報了上去。

林繡娘笑著說：「邢大人還真是說的沒錯呢。」

顏末好奇道：「什麼沒錯？」

林繡娘就捂著嘴笑，也不說是什麼。「對了，兩位要看看成衣嗎？」
江月一拍手。「我要看成衣，有出最新款嗎？」
「當然。」說著，林繡娘就帶江月和顏末走向賣成衣的區域。「是先看男裝還是先看女裝？不過顏公子要看男裝的話，目前沒有您的尺寸呢，可以看看樣式，然後再選幾款布料，我們都能儘快做出來哦。」
顏末笑了兩聲。「老闆娘真會做生意。」
林繡娘笑著點頭，伸手撫了撫秀髮。「不然我也不可能把霖衣坊做這麼大。」
「老闆娘，我們不看男裝，就看女裝。」江月說完，笑著看向顏末，還眨了眨眼睛。
顏末可算知道來之前那不好的預感來自哪裡了。
江月一手拉著顏末的衣袖，一手指著面前一排排女裝。「末末，妳說哪款好看？」說完，又小聲和顏末說悄悄話。「我買給妳啊，我想看妳穿女裝，還沒看過呢。」
「不行，要是碰到什麼人，露餡了怎麼辦？」顏末小聲拒絕，雖然她被江月說得蠢蠢欲動，畢竟來到古代後，她還沒穿過古代的女裝呢。
江月回頭指了指身後下人手裡剛買的胭脂水粉。「所以我之前先帶妳去買這些東西了啊，以妳的化妝技術，偽裝應該不算難事吧。」
顏末不得不承認，她心動了。
女人除了化妝品，還最愛什麼？當然是衣服啊。

於是在江月的鼓動下，顏末放開了膽子。

「末末，妳喜歡什麼顏色的衣服？」江月一邊挑選衣服，一邊問道。

顏末想了想，以前不是穿警服就是穿顏色不起眼的便服，都是為了方便執行任務，但可能是身邊出現的死亡和不平案件太多了，所以顏末更喜歡色彩鮮豔的衣服，尤其是紅色。

雖然看過太多死亡，鮮血的各種顏色也看過無數次，但她還是喜歡紅色，因為鮮豔的紅色，有時不僅僅代表了鮮血，更代表了旺盛的生命力。

「我喜歡紅色，正紅色。」顏末笑著回答。

「那這件正好。」江月將手裡拿的一件衣服展開給顏末看。「我也覺得紅色配妳呢，妳看這件怎麼樣？」

買好衣服，兩人又去首飾鋪轉了一圈，將逛街進行到底。

就這樣，時間到了中午。

江月想看顏末的女裝，也算是下了一點本錢，特意在客棧訂了一間房，找了個藉口打發走下人，就帶著顏末去房裡換衣服。

「等妳換好衣服，我帶妳去京城最大的酒樓吃飯。」江月坐在桌前，托著下巴等顏末換好衣服出來。「望香樓的飯菜可不錯呢，他們家的廚子是天下第一廚。」

「是嗎？」顏末一邊說著，一邊從屏風後面走出來，張開雙手，有些彆扭道。「妳看看，怎麼樣？」

江月眨眼看著顏末，突然一捧臉。「末末，妳穿女裝，有種說不出的味道。」

第十七章

「嗯？」顏末好笑的看著江月，什麼叫說不出的味道？

江月盯著顏末看。「我也說不出究竟是什麼，只覺得妳和我所見過的女子都不同，以往妳穿男裝，這種感覺還不顯；現在換回女裝，感覺好明顯，打個比喻，讓任何一位女子穿上和妳一樣的紅衣，都絕對沒有妳這樣的氣質。」

「妳這樣誇我，我會驕傲的。」顏末朝江月眨眨眼，調笑了一句，隨即不禁低頭打量了一下這一身紅衣。

並非那種水袖長裙，這身紅衣做了收緊的袖口，手掌寬的金色束腰，堆疊的衣襟，垂墜感十足的下襬，配上紅色的靴子，顯得分外張揚颯爽。

顏末將頭髮放下來，在身前編了個簡單麻花辮，辮尾綴了在首飾鋪買的梅花鏈墜，耳朵上也戴了兩個同款梅花耳釘。

江月拉著顏末，說要看顏末化妝。「快快，一邊化，一邊教我。」

顏末坐在銅鏡前，不太滿意鏡子的清晰度，她小箱子裡有大鏡子，也有小鏡子，隨身小鏡子送給邢陌言了，大鏡子她沒法帶出來，只好將就著用銅鏡了。

畫好底妝，顏末勾了一個上翹眼線，畫了微挑的眉毛，想了想，又在額間點綴了同款梅花，與辮尾鏈墜和耳釘相得益彰。

「化好更漂亮了。」江月在旁邊感嘆道。

顏末捏了捏江月的鼻子。「還沒完呢，這只是青銅等級，我要升到王者等級。」

江月滿臉問號。

縱然不知道什麼叫青銅等級和王者等級，但看著顏末在自己臉上這描一筆、那畫一筆，逐漸讓自己的臉變了樣子，江月就覺得好神奇。

神奇的化妝技術，看得人嘆為觀止。

「剛才是英姿颯爽的美，現在又多了嫵媚妖嬈。」江月捧著顏末的臉，感嘆道。「感覺整個人都變了樣子呢。」

顏末笑道：「哪個樣子好看？」

「各有各的美，末末妳哪個樣子都好看！」江月朝顏末豎起大拇指。

話說到邢陌言這邊，大皇子邵安炎因為邢陌言的生辰要請客，特意在望香樓訂了一桌酒席，但邢陌言、陸鴻飛和鍾誠均都到了，邵安炎都還沒出現。

「他不會是想一個人單獨出來，所以才耽擱這麼久吧？」鍾誠均嗑著花生仁說道。

陸鴻飛搖搖頭。「誰知道。」

邢陌言則是一個人端著茶杯，不言不語，今天是他的生辰，但從邢陌言的表情來看，並未有多歡喜，彷彿這對他而言，不過是個微不足道的日子，慶祝也罷、不慶祝也罷，都無所謂。

「哎……」鍾誠均嘆了口氣。

陸鴻飛端起茶杯又放下，頗為無語的看了眼鍾誠均。「從你出來到現在，你數過自己嘆氣過幾回了嗎？」

鍾誠均奇怪的白了陸鴻飛一眼。「我數自己嘆氣幹麼，又不是閒的。」

陸鴻飛。「……我看你就是閒的，你要是擔心江月和顏末，那跟著去就是了。」

「我倒不是擔心他們兩個。」鍾誠均撓撓頭。「月月不是那樣的人，顏末也不是，再說了，就顏末那等身材和樣貌，才不是月月喜歡的呢，咳咳，她喜歡我這種身材和樣貌。」

陸鴻飛端起茶杯，心想，他還是喝茶吧，這話沒法聊下去。

江月和顏末光明正大的手牽手走在去望香樓的路上，沿途一片好風光，街上人更多，似乎也在尋覓哪裡有美食。

大瀚朝民風開放，崇文尚武，百姓安居樂業，閒來無事，就喜歡出門溜達溜達，沒準就能瞧見一、兩個出門溜達的才子佳人，一覽風采什麼的。

顏末女裝和男裝的樣貌，完全是走兩個極端，女裝嬌俏豔麗，男裝清秀俊雅，化妝技術純熟，骨相都能給人錯覺感，所以化完妝，雖然和男裝相貌相比，仔細點還能發現一絲絲相似，但也絕不會給人兄妹或者姊弟的錯覺感，更別說看出是同一人了。

這一路走來，街上好多人都明裡暗裡打量江月和顏末，大多都是善意欣賞的目光，就算偶爾有不懷好意者，也讓顏末狠狠瞪了回去。

大概沒想過會有女子敢公然回視，而且樣子還挺「凶狠」，看起來就不好惹，所以那些人不是尷尬掩面而逃，就是被嚇得躲遠了，就算有心生不滿的，也不敢在大庭廣眾之下怎樣。

「末末，前面就是望香樓了，一共三層，早上我讓人訂了一桌，要不然我們就沒位置了。」江月扯了扯顏末的袖子。「哎呀，妳快別瞪人了，矜持點。」

「天子腳下竟然也有地痞流氓，果然無論是哪裡，滅不乾淨的都是這些人。」顏末兩手交握，骨節被捏得噼哩啪啦作響。「別犯我手裡，不然……哼哼……」

江月。「……」雖然不知道落入末末手裡會有什麼後果，但那肯定不會太美好。

邵安炎好不容易從皇宮獨自出來，走到望香樓門前，就見到對面有兩個引人注目的姑娘，仔細一看，其中一位還有些眼熟，應該是鍾誠均的未婚妻，翰林院千金江月。

怎麼江月出來，身邊沒帶著人嗎？

看了眼望香樓，邵安炎搖頭失笑，不會是來這裡找鍾誠均的吧。

既如此，不如叫來一起走，否則出什麼事，鍾誠均該鬧騰了。

想到這裡，邵安炎剛想開口，就見江月旁邊的女子倏然扭過頭，表情一臉凶狠，像隻齜牙的貓，還是隻大貓，全身炸毛的那種。

邵安炎被自己突然冒出的這一念頭逗笑，順著女子的視線看過去，發現是一個小地痞流氓，估計也沒想到對方那麼敏銳那麼剛，嚇得一蹦，趕緊跑走了。

那小流氓跑走之後，邵安炎就聽到了女子說的話。

再回頭仔細看那女子，連見慣了美女的邵安炎都不得不感嘆一句「好相貌」，不說多貌美，但至少足夠讓人印象深刻。

不過也僅此而已，邵安炎欣賞過後，就準備往前走，但這時，那女子卻突然看向他。

不僅看向他，還衝向了他。

邵安炎挑眉，沒有動彈。

投懷送抱的人，他見多了，江月出現在望香樓外面，許是聽說他將宴請邢陌言的地方也在望香樓，而江月身邊還帶著一個陌生女子過來，不得不讓邵安炎聯想了很多。

「喂！讓開一下！」

邵安炎愣了愣，有些沒反應過來，下一秒，他就被推開了……然後身後就傳來慘叫。

「光天化日之下偷東西！」顏末一眼就看到對面有個小偷正準備牽走一位錦衣公子的錢袋，來不及提醒對方，立即就跑了過去，一腳踹翻小偷，拿回錢袋，不料小偷手裡還有利刃。

「小心。」邵安炎回頭，順手拉了顏末一把。

那小偷不過虛張聲勢罷了，趁此機會趕忙跑了。

顏末看向邵安炎，表情不太高興的嘖了一聲。「這位公子，如果你不拉我，我能把他送去衙門。」剛才那一刀，她不僅能躲過去，還能揍得對方娘都不認識了。

邵安炎鬆開手。「倒是我考慮不周了。」

顏末無語，將錢袋往對方胸口一拍。「下次你可以把錢袋放在身前，安全一點。」說完，便毫不留戀的轉身就走，邊走邊嘀咕。「治安太不好了，除了流氓還有小偷，怎麼管制的。」

邵安炎莫名有些尷尬。

「月月，走吧。」顏末走到江月身邊，卻發現江月臉色和眼神有些奇怪。「怎麼了？」

江月看著跟在顏末身後走過來的邵安炎，低身福了一禮。「公子怎麼會在這裡？」

邵安炎心中微微詫異，面上卻不顯分毫，笑了笑，指著望香樓，道：「在這裡訂了一桌宴席，不止我在這裡，陌言、鴻飛、誠均都在這裡。」

本以為江月聽到會面露欣喜，結果邵安炎發現她和旁邊的女子對視一眼，兩人立即轉身就走。

邵安炎疑惑。「……？」

「等一下。」邵安炎覺得奇怪，連忙開口叫住兩人。

大皇子有命，江月不敢抗旨，於是拉著著急跨著腳步的顏末，轉過身。「公子有何吩咐？」

顏末還想拉著江月走，但這會兒聽到江月開口，又想到之前鍾誠均說的話，不由得正式打量眼前的男人，這位就是當朝大皇子嗎？

她竟然看見了古代的皇族。

看著有些貴氣，容顏俊美，身高腿長，外在條件絕對上佳，確實不像普通人，但觀感也僅止於此，畢竟顏末深受現代娛樂文化薰陶，什麼俊男美女沒見過。

若非要對比，顏末的閱歷，比見慣了宮廷美女的邵安炎還要高出不知多少倍，而且娛樂圈什麼顏色的花草沒有，就算平時工作忙，但也算閱盡千帆，見過無數種類的帥哥，所以顏末表示很淡定。

還不如有個蛇精臉，好歹還能讓她多看兩眼。

不過話說回來，若說來古代之後，最讓她覺得驚豔的相貌，恐怕也只有邢陌言了。

邵安炎一邊和江月交談，一邊打量江月旁邊的顏末，發現顏末似乎也在打量他，但看過兩眼之後，就自顧自走神去了，讓他不免覺得新奇。「對了，還沒問這位姑娘是……」

江月下意識拉著顏末開口。「她叫顏……」

「咳咳！」

「呃，她叫顏顏。」江月尷尬的笑了笑。

「是嗎，我名字裡也有個炎字。」邵安炎看向顏末，但卻並未開口介紹自己的名字。

顏末也不在意，從善如流道：「炎公子。」

邵安炎點點頭。「好似沒在江小姐身邊看過妳？」

「顏顏剛到京城，她是我的合作夥伴。」江月開口解釋。

邵安炎沒再問下去，只說顏末剛才幫了自己，所以想請兩人吃飯，正好鍾誠均也在上面。

「不……」江月擺手，想要拒絕，但還未說全，就被一道熟悉的聲音打斷。

「月月?!」鍾誠均驚喜的喊聲從三樓傳來。

顏末等人抬起頭，就見三樓窗戶上，鍾誠均的腦袋冒出來，正興高采烈的向他們招手。

「我就聽到有人叫我的名字。」鍾誠均眉開眼笑。「沒想到月月妳也在下面，來找我的嗎？」

邵安炎看了看江月和顏末的神色，笑著開口。「兩位，請吧。」

江月呵呵笑了兩聲。「不敢，公子先請。」

既然邵安炎都這麼說了，加上鍾誠均也看到了她們，這時候也不好走了。

此時顏末和江月都在心裡怒罵鍾誠均，驢耳朵嗎，平常也沒見這麼靈敏過。

等看著江月走進望香樓，鍾誠均這才縮回頭，然後不由自主的打了個噴嚏。「是誰罵我呢。」

陸鴻飛看向鍾誠均。「江月和顏末也來望香樓了？」

「啊？月月確實來了，但我好像沒看到顏末。」鍾誠均揉揉鼻子。「倒是月月身邊有個穿紅衣服的姑娘。」

邢陌言喝茶的動作頓了頓。「一個姑娘？」

鍾誠均無所謂的點點頭，對著樓梯處翹首以盼。

沒多久，樓梯處傳來腳步聲，為首的就是邵安炎，身後則是江月和顏末。

「果然你是一個人出來的。」陸鴻飛看著邵安炎打趣道。

邵安炎聳肩，走到陸鴻飛旁邊坐下，另一邊，鍾誠均也拉著江月坐下，顏末則坐在江月旁邊，而另一邊，很不巧坐著邢陌言。

顏末一直低著頭，但她敏銳的感覺到邢陌言在打量她。

「月月，這是妳朋友？」鍾誠均看向江月旁邊一直微微低著頭的顏末，好奇道。「怎麼我以前沒有見過這位姑娘？」

江月清清嗓子，用剛才給邵安炎的說辭，再次簡單介紹了顏末，又煞有介事的給顏末介紹了邢陌言幾人，畢竟做戲做全套，裝也要裝得像樣。

第十八章

等江月介紹完，顏末也開口向邢陌言幾人問好。

「顏末呢？」邢陌言看向江月。「他不是和妳一起？」

「末末買完衣服就回去了，說是有事情。」江月笑嘻嘻的，這會兒緩過勁來，撒謊都不眨一下眼睛。「我來這裡吃飯的路上碰到顏顏，順便叫她一起了。」

邢陌言聽完，竟然破天荒的笑了一下。「又是顏顏，又是末末，怎麼聽起來像是一個人。」

顏末心裡咯噔一下，看了眼邢陌言，但邢陌言臉色如常，好像就是開句玩笑一樣。

「呵呵，也許這就是緣分吧。」江月拉住顏末的手。「所以我才能和末……咳，末末顏顏都這麼投緣。」

差點就當著大家的面，拉著顏末的手叫她末末了，還好我機靈。

江月暗自鬆了口氣。

因為是邢陌言生辰，所以這裡是他的主場，不過邢陌言話不多，偶爾搭幾句話，看樣子比平時還要沈默幾分，而且有時候像是在發呆走神，也不知道在想些什麼。

邵安炎不滿的拿過邢陌言的茶杯。「我說，今天是你生辰，我們喝點酒？」

「不喝。」邢陌言果斷拒絕，從邵安炎手裡又拿回自己的茶杯。「這裡有兩位姑娘在。」

邵安炎看了看江月和顏末，笑道：「這兩位都不是普通姑娘，江小姐就不說了，能成為孔先生的弟子，那絕不是尋常女子，而顏顏姑娘能和江月小姐做朋友，想必也有過人之處，應當不會介意我們喝酒吧？」

「呵呵，不介意，不介意。」同時江月默默在心裡吐槽了句，跟我師父學驗屍又怎樣，都不知道你是在誇我還是在罵我。

這時候，陸鴻飛突然一指窗外。「嗯？那不是小谷嗎？」

就見窗外街道上，朱小谷正好走過去。

「他這是打聽消息回來了吧，昨天去的，今天才回來。」陸鴻飛托著下巴。「怎麼去了那麼久？要不要把他叫上來？」

「不用了。」邢陌言看了一眼，突然道：「這時候衙門應該開飯了，而且不是說顏末回去了嗎，看顏末挺關心這次的事情，應該會很樂意和朱小谷瞭解瞭解情況。」

「噗咳咳——」顏末吃飯嗆了一下，聽邢陌言這樣說，心想完了，她人可在這裡呢。

江月聽著，也直覺不好，下意識看了顏末一眼。

顏末扶額，想了想，站起來開口道：「抱歉，各位，我突然想起還有事情，要先回去了。」

說完，顏末和邢陌言對視一眼，邢陌言朝她勾起嘴角笑了笑。

顏末也不敢想邢陌言是不是發現了什麼，趕忙轉身走了。

她要趕在朱小谷之前回大理寺！

看著顏末步履匆匆，鍾誠均搖搖頭。「飯都沒吃完呢。」

邵安炎則是看向邢陌言，見到邢陌言嘴角的笑容，新奇道：「怎麼突然高興起來了？」

邢陌言笑了笑，指著邵安炎腰間位置。「那是什麼？」

「嗯？」邵安炎低頭一看，發現腰間掛著一個梅花鏈墜，他拿起來看了看，詫異道：「這是什麼？」

江月看過去，發現是顏末辮尾的鏈墜，她剛想開口要回來，就見邢陌言朝邵安炎伸出手。

「給我吧。」

江月微微瞪大眼睛看著邢陌言。

邵安炎順手將鏈墜放到邢陌言手上。「你要這鏈墜幹什麼？」

「看著挺好看的，回去給貓掛上。」邢陌言將鏈墜收了起來。

「你養貓了？」邵安炎驚訝道。

「大概吧。」邢陌言吃了兩口菜，看起來心情不錯的樣子。

鍾誠均納悶。「我怎麼不知道你養貓了？」

陸鴻飛也搖頭。「我也沒見過你養貓啊？」

邢陌言瞥了兩人一眼。「是一隻比較野的黑貓，偷偷摸摸的，你們兩個比較眼瞎，所以才沒看到過。」

鍾誠均無言。「……」

陸鴻飛靜默。「……」

不就是沒發現你養貓嗎，上升到人身攻擊就不好了啊。

一旁，江月捧著飯碗，默默不說話，心想，末末，妳好像完蛋了。

顏末從望香樓回了客棧，用史上最快的速度，換好衣服卸好妝，然後緊趕慢趕，加上抄小路，終於趕在朱小谷前面一點點，先跑回了大理寺，累得直喘，肚子也不舒服，剛才在望香樓裡，為了不暴露太多，她一直低著頭塞飯，早知道就少吃點了。

「還好我早就摸清了附近的路，不然這次真完了。」顏末大大的鬆了口氣。

廚房大娘知道顏末回來了，特意讓人叫顏末過去吃飯，顏末苦著臉，還不能說不吃，她雖然是飯桶，但連著兩頓飯也吃不下啊。

本想說自己沒胃口，但這會兒朱小谷也回來了，甩著袖子就往飯廳跑，顏末想了想，也跟著去飯廳了。

和朱小谷打了聲招呼，顏末坐到朱小谷對面，只端了小小一碗炒飯。

「顏公子，就吃這麼點？」朱小谷好奇道。「你平日可不是這飯量。」

顏末捏捏鼓起的小肚子，昧著良心說：「我早上吃多了，中午少吃點。」

「你不是一大早就被江小姐叫走了嗎？」朱小谷歪歪頭，奇怪道。

「我早上在街上吃了不行啊。」顏末嘖了一聲。「你不是才回來，怎麼知道我早上就跟月月出門了？」

朱小谷仰起頭哼了一聲，拍了拍胸脯，得意道：「我誰啊，包打聽。」

「嗯，包打聽，那你跟著石田回去，都打聽到什麼了？」顏末順勢問道。

朱小谷聽顏末這麼問，臉上突然露出一抹奇怪的笑容，他左右看了看，像是說什麼了不得的悄悄話一樣，壞笑著招手，讓顏末湊近。

顏末湊近。「怎麼？」

「我打聽到一件特別好玩的事，不過不知道是不是真的。」朱小谷嘿嘿笑了兩聲，聽起來還有點猥瑣。「那個石田啊，他不行。」

「什麼不行？」顏末疑惑道。

朱小谷嘖了一聲。「顏公子，你是不是男人啊，還能是什麼不行，當然是那個不行啊。」

顏末這才反應過來，她張大嘴。「你怎麼知道的？」

「哎呀，他們全村人都知道這個事情。」朱小谷感嘆著搖頭，伸出兩根手指頭。「那個石田有大把力氣，身強體壯，家裡有餘錢，這個年紀，還有這等條件，孩子都能下地跑了，我就覺得他奇怪，所以一開始打聽的就是石田的婚姻情況。」

顏末無語的看著朱小谷。「你就是純粹八卦這種事情吧？」

朱小谷皺皺鼻子。「顏公子可不要誤會我，不然我不跟你講了。」

顏末翻了個白眼，伸手示意。「還請朱公子繼續。」

朱小谷嘿嘿笑，伸出兩根手指頭，繼續給顏末說自己打聽到的情況。「那個石田可是有過兩任妻子，第一任妻子，和他成親半年後和離，這第二任妻子嘛，和他鬧得很不愉快，兩人是在村長的調解下才和離的，從成親到和離，才兩個月的時間。」

顏末摸了摸下巴。「該不會石田不行的消息，就是他第二任妻子說出去的吧。」

「聰明。」朱小谷朝顏末豎了豎大拇指。「可不就是他第二任妻子傳出去的，畢竟兩人成親的時候鬧得很不愉快，事情也鬧得挺大，這對男人沒太大影響，但是對女人多少會有點負面影響，加上石田第二任妻子是個暴脾氣，不想自己受人詬病，於是和離之後，就放出了石田不舉的消息，說自己不想受委屈，才和離的。」

顏末嘖嘖兩聲，心想那啥生活果然是愛情的保障。

「看來這個消息很可靠。」顏末思索道。「難道就因為跑了兩個媳婦兒，所以石田才對王春瑤那麼有控制慾？也不止是控制慾，石田對王春瑤還不好。」

「關於王春瑤，有個很奇怪的地方。」朱小谷皺起眉。「我沒打聽到王春瑤是哪裡人？」

「什麼？」顏末驚訝的看著朱小谷。「什麼叫沒打聽到王春瑤是哪裡人？」

朱小谷一攤手。「就是不知道她是從哪裡冒出來的，什麼背景也查不到。」

顏末皺眉。「這怎麼可能……那你還查到別的嗎？」

朱小谷搔搔頭，將自己打聽的事情一股腦兒地講給了顏末聽。顏末一邊聽著，一邊往嘴裡塞口炒飯，不知不覺就吃多了。

吃完了，也聽完了，捧著肚子往回走的時候，正巧邢陌言幾人也從望香樓回來了。

顏末的視線和邢陌言對上，一時無言。

邢陌言目光往下，嘴角勾起來一點。

「噗——」鍾誠均從邢陌言身後走進來，捂著嘴笑。「顏末，你今天中午吃了什麼好飯了，小肚子都鼓起來了，哈哈哈……」

顏末黑著臉放下手，努力吸氣、憋氣……

不行，好撐……

從後面走進來的江月給了鍾誠均後背一巴掌。「整天就知道欺負末末。」

鍾誠均委屈。「哪有。」

顏末和江月對視，想瞭解下她走之後情況如何。

「咳……那什麼，我去看看王春瑤怎麼樣了。」江月假裝沒看到顏末的眼神，轉身就跑了。

邢陌言看向鍾誠均和陸鴻飛兩人。「正好，你們也去和朱小谷瞭解下他打探到的消息。」

「那你呢？」陸鴻飛看向邢陌言。

邢陌言指了指顏末。「她大字還沒寫呢。」

顏末氣結。「……」

跟著邢陌言來到書房，顏末嘆了口氣，在書桌後站定，小聲嘀咕。「顏末又要開始研磨了。」

邢陌言靠坐在椅子上，給自己倒了杯茶，哼笑道：「不滿？」

「哪敢。」顏末微笑道。

「鳳尾蝦好吃嗎？」

顏末一邊研磨，一邊點點頭。「好吃，呃……」

研磨的動作頓住，顏末身體都僵硬了，如果她沒記錯的話，鳳尾蝦是在望香樓吃的。

邢陌言在詐她。

顏末看向邢陌言，神色逐漸恢復平靜，僵硬慌亂之後，也沒什麼太大的感覺，可能在望香樓的時候就有了心理準備，只不過她心裡仍存在僥倖罷了。

但以邢陌言的敏銳，發現她的奇怪之處才算合理。

「大人眼光真是毒辣。」顏末嘆氣，又歪頭看向邢陌言，摸了摸自己臉上的妝。「我哪裡暴露了？」

她做偽裝也不是一次、兩次了，飽受「化妝技術」摧殘的現代人都看不出破綻，為什麼邢陌言會看出破綻？

邢陌言搖搖頭。「妳的偽裝沒有任何破綻，是巧合太多。」

顏末想了想，頓時了然，的確是巧合太多，估計邢陌言早就懷疑她了吧，不說溫泉山莊那次，單說今天，首先，她和江月走在一起，不管她和江月裝得多好，就足夠惹人懷疑了；其次，江月臨時給她起的名字，偏偏叫顏顏。

還有就是朱小谷從望香樓外面走過，邢陌言說的那番話，擺明了就是在試探她，當時顏末也有這種感覺，但沒辦法，哪怕明知邢陌言在試探，她也得跑回來。

除了觀察她，邢陌言還能觀察江月，可能她們兩個在不經意間就露餡了，偏偏還不自知。

「既然大人已經知道我是女兒身……」顏末用手指叩了叩宣紙。「那大人打算拿我怎麼辦？」

邢陌言盯著顏末看了一眼，隨後放下手裡的茶杯，站起身，走到顏末身邊站定。

「嗯？」顏末納悶的看著走到身邊的邢陌言。

「我覺得有些奇怪。」邢陌言不答反問，伸出手，指了指自己的耳朵。「妳在望香樓裡戴著耳釘，為什麼現在卻沒有耳洞？」

「啊，你說這個啊。」顏末伸出手指撚了撚自己的耳朵。「其實被掩蓋住而已，就跟易容一樣，我有學過專業的化妝技術。」

輕輕撚過耳朵，顏末給邢陌言看，耳洞仍舊被掩蓋，再重重撚過耳朵，顏末再給邢陌言看，這時候耳洞出來了。「如果技術到位，臉上的妝容會很牢固，水化不掉，手也擦不掉，不過掩蓋耳洞的妝，覆蓋面很小，使勁一抹就掉了。」

第十九章

邢陌言看向顏末撚得通紅的耳垂，感覺自己的手指有些蠢蠢欲動。

「很神奇，以後查案若需要做偽裝，可以找妳幫忙。」

顏末詫異的看著邢陌言。「大人不打算把我趕走嗎？」

「為什麼我要把妳趕走？」邢陌言挑了一下眉。

「呃……」顏末尷尬道。「不是說大理寺不留女人嘛。」

「呵。」邢陌言笑了一聲，仔細盯著顏末看起來，然後伸出手，輕輕撈起顏末垂在身前的頭髮，用拇指撚了撚，輕柔的力道，比顏末輕撚自己的耳垂還要輕。

手心的黑髮微鬈，是編麻花辮的後遺症，顏末卻並未多加掩蓋，大概潛意識也知道已經暴露了，哪怕可能再次居無定所，也心懷坦蕩，無所畏懼。

顏末抿了抿唇，輕聲道：「大人？」

邢陌言手上用了些力道，輕輕扯著顏末的頭髮，讓顏末靠近他，隨後他彎腰湊到顏末耳邊，眼睛盯著顏末的耳洞，低聲道：「妳是特別的，所以讓妳留下來。」

顏末。「……」

顏末都不知道自己是什麼時候回過神的，等回過神來的時候，邢陌言已經離開了。

她呆坐到身後的椅子上，後知後覺的伸手摸了摸耳垂，感覺還在滾滾發燙，嚇得她一收手，捂住自己的小心臟，心想邢陌言不是不近女色嗎，怎麼竟是個會撩人的?!

對了，邢陌言臨走前說什麼來著？

顏末仔細想了想……好像是說，大字別忘了寫。

艸！這個時候她哪有心情寫大字！

什麼粉紅的心情都沒有了，顏末咬牙，這該死的男人，分外遭人恨，一點都不甜美。

一邊寫著，顏末一邊思索從朱小谷那裡打聽來的消息。

石田是石墨村的人，石墨村在南山腳下，位置偏僻，雖說也在京郊範圍內，但因為背靠南山和京城，甚少有人願意翻山或繞山來京城做買賣，石墨村的人多是自給自足，除開早就搬到城裡的人，石墨村剩下的人相對來說比較保守。

自從半年前，石田第二任妻子抖露出他的隱疾，就再也沒有女人看上石田，寧願嫁給不如石田的男人，也不願意找一個不行的男人。

明裡暗裡，石田都成了石墨村的笑柄。

但奇怪的是，突然有一天，王春瑤就出現了，也不知道石田從哪裡找來的女人，養在自己家裡，而石田也確實跟村裡人說，王春瑤是他媳婦兒，只不過說是這樣說，倒也沒看見石田真和王春瑤成親。

寫了幾幅大字後，江月跑過來找顏末，趴在門框邊，伸著腦袋往裡瞅。「邢大人不在吧？」

顏末搖頭，朝江月招招手。

江月這才跑進來。「王春瑤一直沒出屋子，也不願意接觸人，我剛才去看她，和她說了半天話，雖然她偶爾會回應我一聲，但還是有些抗拒，問不出話來。」

「妳和她提石田了嗎？」顏末問道。

「提了啊。」江月點點頭。「但是一提石田，她就沈默，我問她要不要回去，她也不回答，但我看得出來，她不想回去。」

「但也不抗拒對嗎？」顏末摸摸下巴。「不然她早就拒絕了。」

江月回答。「嗯，對！她不想回去，也不抗拒，就很奇怪，也不知道她究竟遭遇了什麼，警戒心那麼重，要按照這種速度，什麼時候才能問出話來。」

「懷柔政策不行。」顏末皺眉。「我總覺得她有種心如死灰的感覺，明明隱瞞了什麼，但什麼也不願意說。」

江月疑惑的看著顏末。「那妳想怎麼辦？」

顏末放下筆。「走，我跟妳去看看她。」

去找王春瑤的路上，顏末和江月碰到了邢陌言三人。

「月月，你們去哪？」黏人精鍾誠均看到江月就走不動了，聽江月說兩人要去看王春瑤，立即提出也要跟去。

於是兩人行變成了五人行。

走到王春瑤住的院子，就見王春瑤正坐在院子中的石凳上。

初春仍舊寒意逼人，很少有人願意在外邊逗留，但王春瑤卻像感覺不到冷一樣，也不知道在外面坐了多久，放在石桌上的雙手已經凍得通紅。

她似乎在發呆走神，連顏末等人進來都沒回頭看一眼。

「王姑娘，我們想找妳談談。」顏末走到王春瑤對面坐下，開門見山。「關於石田和妳的關係。」

王春瑤動了動僵硬的手指，瑟縮的看了眼顏末幾人，低頭怯懦道：「就是……就是他說的關係。」

這個他，自然指的是石田。

顏末不置可否，再次開口。「那就說說妳是如何出現在石墨村的吧？」

這句話問完，在場幾人都發現王春瑤臉色變了，一瞬間慘敗無比，身體還在瑟瑟發抖，像是終於感覺到寒冷一樣。

顏末嘆了口氣。「王姑娘，我不知道妳為什麼要三緘其口，但是妳真的願意回到石田身邊嗎？妳的傷好之後，我們也不可能繼續留妳在這裡。」

像是被下了最後通牒，再也逃避不了，王春瑤抖得更厲害了。

見王春瑤始終不說話，顏末給江月使了個眼色。「她的傷如何了？是不是快好了？」

江月接收到顏末傳遞的訊息，立即點頭。「是快好了，已經沒什麼大礙。」

「那行，可以把王姑娘送回……」

顏末的話還沒說完，王春瑤就使勁抓住了顏末的袖子，指節用力到發白，她拚命搖頭。

「別……大人，求求你了，別送我回去，再……再讓我留幾天吧。」

「可妳終究還是要回去。」顏末皺眉。「既然妳不願意回去，那就將妳隱瞞的事情說出來，否則我們也無能為力。」

「……」王春瑤哀戚的看著顏末，突然收手，捂著臉崩潰道：「我怎麼說啊，我怎麼說啊！說出來我還有臉活在這世上嗎，倒不如當石田的媳婦，那樣還有我的容身之所，如果我說出來……」

聽了王春瑤這番話，江月臉色變了變，轉頭看向鍾誠均幾人。「你們先離開吧，這裡我和末末在就好。」

「啊？為什麼？」鍾誠均面露疑惑。

邢陌言伸手按住鍾誠均的肩膀。「走吧，人太多不好。」

見邢陌言都這麼說了，鍾誠均也不好再說什麼，陸鴻飛也點點頭，兩人跟在邢陌言身後離開。

等邢陌言三人離開後，江月坐到顏末旁邊，和她對視一眼，彼此神色都有些不好。

王春瑤這種表現，讓她們都有同樣的猜測。

顏末有些沈默，她現在是男兒身，不好說什麼，只能讓江月開這個口。

江月深吸一口氣，握住王春瑤顫抖的手。「王姑娘，妳家在哪？我們可以送妳回家，但前提是，妳真的願意離開傷害過妳的人嗎？」

聽到家這個詞，王春瑤抬起頭，表情有些茫然，但很快就被悲痛取代。「我已經沒家了，他們不會要我……我……我已經被賣出去了。」

王春瑤終於撕開了自己的傷口，展現出血淋淋的一面。

「那就不回去，大理寺有善堂，妳可以留在善堂。」江月溫柔的笑了笑，她的聲音很容易讓人放下戒心，伸手將王春瑤散亂的頭髮掖在耳後。「相信我，留在這裡，沒人會說妳閒話。」

王春瑤抬起頭，表情仍有些瑟縮，但眼底彷彿有了光。「真的嗎？」

「真的。」顏末聲音篤定，看向王春瑤的眼神異常堅定。「如果有說閒話的，妳不用理他們，因為那些說閒話的人，也不值得妳在意。」

「可我……」

「這是難得的機會，也可能是妳唯一的機會了。」顏末看著王春瑤說道。「如果妳不想在今後的日子裡，繼續渾渾噩噩的過下去，就請相信我們。」

靜默了良久，王春瑤終於下定了決心，儘管聲音顫抖，但仍舊將自己的事情和盤托出。

也不怪王春瑤怎麼都不願意說，在這個時代，儘管大瀚朝民風開放，但對女子還是多有苛刻，從石田第二任妻子的所作所為就能看出來，寧願冒著得罪石田的風險，也生怕別人會將婚姻的過錯全部歸結於她的身上。

王春瑤比石田的兩任妻子還要悲慘無數倍，她被自己家人賣了，賣給誰不知道，那天夜晚，她被蒙上雙眼，就被帶走了。

之後便是煉獄一般的經歷，蒙著王春瑤的眼罩一直沒有取下來過，她成了和青樓妓女一般的存在，不過青樓女子的恩客還可能是富商和書生，而王春瑤則是被蒙著眼睛接待一個又一個……

「五、六十歲的老頭嗎？」顏末神色複雜。「妳能肯定嗎？」

「差不了多少。」王春瑤說了這麼多，眼睛已經無淚可流，哀莫大於心死，說的就是她這個狀態。「他們……他們會發出那種聲音，蒼老的聲音，還有身上的觸感，皮膚鬆弛……我也能感覺到，還有……還有他們有些人不行……」

江月忍不住握緊王春瑤的手，彷彿這樣能給她強有力的支撐一樣。

王春瑤不過是十九歲的女孩而已，為什麼要遭受這種非人道的折磨？

顏末和江月都已經不忍心問下去，但王春瑤緩了一會兒，自己便又開始講了下去，可能她覺得既然已經說出來，就沒必要再隱藏了。

其實王春瑤很堅強，否則在獲得少許的自由後，她可能就選擇離開人世了。

「我也不知道時間過去多久，渾渾噩噩之際，我又被賣了，這次賣給了石田。」提起石田，王春瑤臉上很複雜。「他的確對我不好，但至少讓我見到了光明，我比先前像個正常人多了。」

「妳還是想逃離那種境況，對嗎？」顏末輕聲問道，否則王春瑤也不會逃出來。

王春瑤沈默了一下，然後點點頭。「雖然無數次想死，但我最終還是想活著，雖然這無數次想著要不然就跟石田這樣過一輩子吧，反正他不行，也沒女人願意嫁給他，但我還是不願意……苟且活著一天是一天，但我還是不甘心，只是不知道該怎麼做……就那天，石田放鬆了對我的看管，我鬼迷心竅的就跑出來了。」

顏末嘆了口氣，心想，也幸好妳鬼迷心竅的跑出來了。

說完這些話，王春瑤已經有些承受不住，她本來就精神恍惚，現在無非是強撐著撕開自己的傷口，只因為看到一絲希望，所以無論如何也想要抓住。

江月扶著王春瑤進房間休息，等王春瑤睡下之後，她才走出來，見顏末仍坐在石凳上走神，也是嘆了口氣。「末末，讓邢大人把那個石田抓回來吧，王姑娘絕對不是唯一被迫害的姑娘，順著石田這條線，我們肯定能抓住那些買賣女人的壞人！」

王春瑤被賣給石田，那麼誰接替王春瑤的位置去服侍那些老頭？當然肯定還有下一個悲慘的姑娘。

但顏末想到她們把王春瑤留在大理寺好幾天，臉上的神色便有些沈重。「我怕打草驚蛇了。」想到此，顏末猛地站起來。「得趕緊讓朱小谷看看石田如何了，不管怎樣，當務之急還是要將石田抓捕回來。」

說完，顏末和江月連忙出了王春瑤住的院子。

找到邢陌言幾人，顏末和江月三言兩語，簡短的說明她們從王春瑤那裡得來的消息，然後讓邢陌言派人去抓石田。

「大瀚朝是不是嚴禁販賣人口？」顏末看向邢陌言問道。

邢陌言點頭。「那是死罪，嚴重者，抄三族。」

「石田也許知道賣方是誰，王春瑤這麼久不回去，而且還是住在大理寺……」顏末想到最壞的可能。

陸鴻飛皺眉。「你說他可能被滅口？」

第二十章

「販賣人口需要的關係網非常龐大，背後勢力也會很大。」顏末在現代只破獲過一起類似的案子，不是她不想接手這樣的案子，而是這種案子，通常會不了了之。

就她破獲的那一起案子，也足足花費了三個月的時間，他們找線索、找人證物證，期間還要解決各種阻礙，比如被救女人想要平息此事，三緘其口……

顏末自己就是女人，所以很能理解這些被拐賣的女人，她們已經遍體鱗傷了，所以不想讓自己遭受更多的冷漠和排擠。

男人和女人犯同樣的錯，或者遭受同樣的痛苦，被苛待過多的往往是女人。

顏末。「人為財死鳥為食亡，販賣人口是巨利，為了錢，什麼事都可能做出來。」

邢陌言也不多話，直接讓朱小谷帶人快速前去石墨村，將石田帶回來。

可是事情真如顏末所想的那般，最壞的可能變成了真實，石田死了，落入冰河而死，據說是失足滑倒，跌入結了冰的河裡，衣服厚重，沒能爬上來。

聽上去合情合理，但偏偏在他們發現線索的當下。

石田的屍體已經被朱小谷帶回來，交給了孔鴻和江月，兩人一刻不停就去驗屍，到了晚餐時刻，兩人才從驗屍房裡出來。

眼見江月還有坐下吃晚飯的打算，孔鴻搖搖頭。「妳看看天色，已經不早了。」

「對啊。」江月點點頭，理所當然道。「所以我要吃晚飯嘛。」

說著，江月就一屁股坐在了鍾誠均旁邊。

孔鴻瞥了眼鍾誠均。

鍾誠均不好意思笑了兩聲。「先生不要擔心，之前江家的小廝來過，我說等月月吃完飯，會親自送她回去。」

「師父，趕緊坐下吃口飯，我們邊吃邊說。」江月朝孔鴻招了招手。

孔鴻無奈搖頭，這才坐了下來。

顏末看著江月和孔鴻，有些好奇驚訝，怎麼感覺孔鴻對江月像待自己女兒一樣？

這時，坐在顏末旁邊的邢陌言突然低聲開口道：「孔先生和江月的父親江達是同窗之誼，情誼深厚。」

顏末眨眨眼，看了邢陌言一眼，微抿嘴唇，她的疑問都擺在臉上了嗎？

聽聞江翰林長相俊美，是當年的探花郎，孔先生也是儒雅溫和，一副好相貌，試想一下，這兩人作為同窗的時候，走在一起，一定迷倒了不少待字閨中的少女們。

如今兩人中，一位選擇入朝為官，一位成了大理寺的仵作，看似完全沒有交集的兩人，卻感情甚篤，江月還成了孔鴻的弟子，孔鴻雖然至今未婚娶，但拿江月當成自己的女兒一樣對待，用心至極，可見和江達友情深厚。

「你們不介意我一邊吃飯，一邊說驗屍的發現吧？」江月看著在座的幾人，雖然看起來是在好心詢問，但眼裡的使壞絲毫不加掩飾。

陸鴻飛筷子頓了頓，剛想說什麼，就聽鍾誠均不以為然的輕哼了一聲。「在座的可就妳一個女孩，妳都不介意，我們幾個大男人介意什麼？」

江月看向顏末，顏末聳聳肩，討論案子忙起來的時候，她還能一邊看著現場屍體照片，一邊下飯呢。

至於邢陌言，已經開始吃起來。

陸鴻飛看了看幾人，最終在桌底下給了鍾誠均一腳。

「嘶——」鍾誠均差點跳起來，斜眼看陸鴻飛。「幹麼？」

陸鴻飛笑了下，有些驚訝道：「我踢到你了嗎？真不好意思。」

鍾誠均。「……」我覺得你在把我當傻子看。

江月笑嘻嘻一拍鍾誠均狗頭，然後看向幾人。「讓我師父吃飯，我來說從驗屍中發現的線索。」

顏末精神一振。「有線索？所以石田果然不是意外身亡的，對吧？」

江月點點頭。「的確不是。他身上有跟人拉扯的瘀痕，朱小谷去找石田的時候，向人打聽過，這幾天石田沒跟人有過衝突，而他身上的瘀痕，也不可能是自己撞出來的，所以肯定有人暗地裡找到石田，和他發生了衝突，因此沒人知道。」

這時候朱小谷從外面跑了進來，孔鴻驗屍的時候，讓他又去了趟石田落水的冰河處，說是讓朱小谷驗證一下，那冰河上的冰，需要多大力道才能破開。

「好冷啊！」朱小谷跑進來之後，直搓手，看樣子也是凍狠了。

「正聊驗屍結果呢。」顏末朝朱小谷招招手，等朱小谷坐在她旁邊後，趕忙給朱小谷塞了碗熱湯。「趕緊趁熱喝一口。」

「謝謝顏公子。」朱小谷眉開眼笑，咕嚕嚕將湯碗喝了個乾淨。

邢陌言瞥了眼顏末。「那是妳的湯碗。」

「我可沒喝過啊。」顏末連忙擺手。

朱小谷笑呵呵的。「沒事，大家都是男人，顏公子喝過，我也不介意。」

顏末笑著朝邢陌言一聳肩，表示——看吧，人家不介意。

邢陌言呵了一聲。「妳估計是個傻子。」

顏末歪頭。「你幹麼罵我？」

邢陌言將陸鴻飛的湯碗放到顏末手邊。「喝吧，鴻飛正好沒胃口。」

陸鴻飛一臉莫名。「？」

顏末眨眨眼，看了陸鴻飛一眼，趕忙端起湯碗喝一口，表示——這是我的了。

陸鴻飛扶額無語。

朱小谷抹了把嘴，說起自己的發現。「前幾天不是下了場雪嘛，那冰河的冰，厚得很，我從上面往下蹦，一點裂紋都沒有，我還和旁邊村子打聽了一下，聽說好多小孩子還經常去冰河上滑冰呢，不過現在死人了，大家也不敢去了。」

「你也敢往下蹦，要是你一蹦，冰就碎了呢？」顏末無語道，心想朱小谷這小孩也太不可靠了。

朱小谷撓撓頭。「我蹦之前還用力踩了好幾腳呢，冰面砰砰響，感覺沒啥問題。」

說完，朱小谷發現在座幾人都一言難盡的看著他。

孔鴻放下飯碗，嘆口氣。「下次不讓你單獨出去辦事了。」

朱小谷說：「啊？」

顏末無語搖頭。「你還用力踩好幾腳，不知道破壞能疊加嗎？幸好那冰面是真的厚，不然你踩完沒事，但蹦下去就有事了。」

朱小谷想了想，這才恍然大悟。「對啊，我踩完還往下蹦，感覺跟找死似的。」

孔鴻拍拍朱小谷的肩膀。「不過也帶來了重要線索。我之前就懷疑石田掉下冰面，不是他自己砸出來的，而是人為破壞了冰面，然後將石田扔了下去。」

江月點頭。「因為石田身上那些瘀痕都是出在胳膊和小腿上，像是有人用力鉗制住了他，如果是石田自己掉下去，砸碎了冰面，總不可能只有胳膊和小腿有瘀痕，那力道也不可能把冰面砸穿。」

顏末點點頭。「石田是獵戶，他力氣大，也會些拳腳功夫，要制住他並不容易。」

「不止如此。」江月一邊吃梅干扣肉，一邊開口。「我和師父解剖了石田，發現石田被灌了很多酒。」

「嗯？難道石田死之前和人喝酒？」陸鴻飛摸了摸下巴。「這是條線索，可以查查石田死之前的路線，看看他在哪裡喝酒、和什麼人喝。」

「對了，我們還發現石田胃裡面有藥物殘留。」江月想到什麼，突然挑眉掃視一圈在場的男人。

孔鴻咳了一聲。

鍾誠均好奇看向江月。「什麼藥物殘留？」

「壯陽藥咯。」江月笑嘻嘻開口。

「噗咳咳——」陸鴻飛直接噴出一口茶水，幸好噴之前，他反應快偏頭了。

嗯，還不是偏向右邊，完美。

鍾誠均抹了把臉上的茶水，憤怒的看向陸鴻飛。「噴就算了，你為什麼朝著老子噴茶水?!」

陸鴻飛白了鍾誠均一眼，理直氣壯道：「你覺得我敢往右邊噴茶水嗎？」

鍾誠均看了眼陸鴻飛右邊坐著的邢陌言，默默不說話了。

江月笑著拿手帕，給鍾誠均擦臉。「哎呀，那麼驚訝幹什麼，男人吃壯陽藥不是很正常嘛。」

不說鍾誠均大驚失色，連連表示吃壯陽藥絕對不正常，他自己就不吃，就連陸鴻飛和邢陌言都點頭附和鍾誠均的話，堅定表示，男人吃壯陽藥什麼的，那絕對不正常，那是個例！

朱小谷還有些疑惑的看著邢陌言等人堅決表態，撓頭：這是必須強調的事情嗎？

顏末則捂著嘴直笑，看邢陌言幾人此刻的表情，簡直分外有趣。

孔鴻搖搖頭，嘆氣，自己還是吃飯吧。

朱小谷帶來的消息，以及孔鴻、江月的驗屍結果都證明，石田絕非死於意外，所以他們需要調查石田在死之前都和什麼人接觸過。

王春瑤被留在大理寺後，石田雖然乖乖回到石墨村，但其實心有不滿，脾氣非常暴躁，他是獵戶，平日村子裡的人會跟他買野味吃。

但石田從大理寺回村之後，短短幾日，因為脾氣暴躁就得罪了不少村裡人，所以那幾天也沒人跟他買東西，石田就拿著獵物去城裡賣，這期間接觸了不少人。

還有想跟石田搭夥賣野味的老闆，聽說看上石田的野味新鮮，而酒樓正好想出野味，所以希望石田以後從山裡打獵的野味都賣給他們，酒樓會全部收購。

有這種好事，石田自然願意，不過實際合作事宜還要商談，地點就在那老闆的酒樓，一次沒商談好，石田去了酒樓三次，最後一次就在石田死的那一天中午。

「去查查那酒樓老闆。」邢陌言拍著顏末肩膀。「妳跟我一起去，正好去霖衣坊拿衣服，應該做好了。」

顏末左右看了看，發現江月不在，於是看邢陌言。「大人還親自去拿衣服啊？」

「送過來需要加錢。」邢陌言給了顏末一個「妳是不是傻」的眼神。

顏末一噎。「……」

這理由，無從反駁。

石田去的酒樓叫千金樓，寓意他們賣的酒，品質非常好，值千金，當然真實價格肯定不是這麼貴，但相比普通酒，千金樓賣的酒的確不便宜。

也正因為如此，去千金樓的人，基本上都手有餘錢，要不然哪有閒心買酒喝。

「大人不覺得奇怪嗎？」走在路上，顏末偏頭看了眼邢陌言。「像石田這樣的獵戶，哪怕手裡有點錢，也不夠他買千金樓的酒，而他死之前，卻喝了很多酒，總不可能他大中午和千金樓老闆談完之後，還有心情去別的地方喝酒，但我也不信千金樓的老闆會請石田喝酒。」

邢陌言看向顏末。「何以見得？」

「光是千金樓老闆要和石田合作這點，我就覺得可疑。」顏末抱著手臂。「千金樓是什麼地方，去那裡喝酒的閒人，非富即貴，千金樓肯定掙了不少錢，而且有了酒，什麼話都好說，千金樓應該能和不少有錢人說上話，想要野味，管道並不難找，何必在街上拉著石田，談了三次也要和石田合作？這不很奇怪嗎？石田獵的又不是老虎。」

邢陌言點點頭。「妳猜的沒錯，千金樓背景很深，他們的確不差找野味的管道。」

顏末眼睛一亮。「所以我們可以從千金樓下手，奇怪的地方就是值得深挖的地方。」

「妳別忘了我剛才說的。」邢陌言看向顏末。「千金樓背景很深。」

顏末遲疑道：「會和誰扯上關係？」

邢陌言搖搖頭。「知道又如何，不說會和誰扯上關係，單單是妳剛才說的那些，沒有證據，都是白搭，這一切不過是妳的揣測罷了。」

顏末皺眉，對邢陌言的說辭很有些不認同。

第二十一章

「你說千金樓不缺找野味的管道，但人家可以說看石田的野味新鮮；你覺得千金樓看不上石田，但看不看得上，並不影響他們做生意；你認為石田沒錢買酒喝，但石田難說願意打腫臉充胖子，畢竟那裡是千金樓，不進去買酒，丟面子。」

邢陌言伸手敲了敲顏末的腦袋。「石田本來就不行，所以他自尊心應當很重，而且很好面子，那麼他進千金樓，就算是為了談生意，也會出錢買酒喝。」

被毫不留情的反駁，顏末並未有什麼不滿，不過她皺皺鼻子，就是有些不服氣。「大人說的有道理，但我說的也不是沒道理吧。」

邢陌言勾起嘴角。「去千金樓買酒吧。」

千金樓有兩層，以酒發家，但發展到現在，不僅賣酒，也賣吃食，買了酒可以帶回去，但讓客人留下喝酒吃東西，酒樓不是可以掙得更多嗎。

邢陌言帶著顏末走到酒樓前，顏末一拽邢陌言袖子，抬頭問：「大人，我們真買酒？」

邢陌言想了想。「順便坐下吃個飯。」

顏末點頭應好，又一皺鼻子。「但是不吃野味。」一想到野味，她就很不舒服。

「好，聽妳的。」邢陌言拍拍顏末後腦勺。「可以進去了吧？」

顏末下意識摸摸被拍的頭，有些不自在的飄移視線。「大人先請。」

等邢陌言邁步走進去，顏末才跟在對方身後，拍著胸脯跟進去。

邢陌言要了二樓的雅座，清靜些，一坐下，就問小二這裡最貴最好喝的是什麼酒。

小二將白布一搭肩，笑著問道：「客官，您是想要最貴的酒，還是最好喝的酒？」

邢陌言轉著大拇指上的祖母綠扳指，慢條斯理道：「怎麼，你們這裡最貴的酒，不是最好喝的酒嗎？」

「這不同的人，口味相去甚遠，有些人覺得最貴的酒最好喝，有些人則不然。」小二顯然應對過這種情況，並不慌亂。「客官，其實我們這裡的酒都好喝，您要是有錢、有閒，可以慢慢把我們這裡的酒都嚐起來，找出我們這裡最好喝的酒，至於最貴的酒，很好找不是嗎。」

邢陌言哼了一聲。「那先把你們這裡最貴的酒上一罈，再把你們這裡最便宜的酒上一罈，最後上一罈你們這裡中等價格的酒。」

「好嘞！」小二吆喝了一聲，然後搓搓手，看邢陌言像看大戶似的，開口問：「客官還想吃點什麼嗎？我們這裡還上了新鮮菜色呢。」

「什麼新鮮菜色？」顏末這時候開口，裝作感興趣道。「我聽人說，你們這裡有賣野味？」

小二點頭。「可不是嘛，這幾天新上的，非常受歡迎呢。」

「那野味都賣些什麼？」顏末繼續問。

小二掰著手指頭點。「有野雞、野鴨、野兔……」

「也不是什麼新鮮物。」顏末一臉嫌棄。

「哎，還有呢，客官您別急嘛。」小二笑著開口，掰著手指繼續點。「還有田鼠、蛇……」

「呃，你別說了。」顏末連忙擺手，一臉噁心。「還不如剛才的野雞野兔，你實話告訴我，你們家野味真的賣得好？這給你們送貨的人是誰啊，淨送這些東西來，跟你們有仇嗎？」

「當然賣得好，小的哪敢騙客官。」小二連忙解釋。「野味都是新鮮的，沒死多久呢，那可是山上獵戶剛打下來的野味，我們老闆和那獵戶談了好久，這第一批貨都快賣完了。」

顏末和邢陌言對視一眼，然後開口道：「既然第一批貨都快賣完了，那你們什麼時候和那獵戶進下一批貨？我看看能不能預定點野味。」

小二撓撓頭。「哎喲，好像沒看那獵戶來過了，小的也不知道，畢竟這是我們老闆做主嘛。」

「那你能把你們老闆請來嗎？」顏末指了指邢陌言。「你也知道，我們不缺錢，就是想吃點合自己心意的食物。」

想起邢陌言剛才豪爽點酒的姿態，小二不再有遲疑。「兩位客官稍等，我這就去請我們老闆。」

這可是大單子，成了的話，他說不定還會得點獎勵！

等小二跑走後，邢陌言看了眼顏末，點頭。「幹得不錯。」

顏末托著下巴看邢陌言，誇讚道：「大人錢花得也漂亮！真是讓我刮目相看呢。」

邢陌言一哼。「……」我就當妳在誇我。

沒過多久，小二帶著一個中年男人走了過來，那中年男人有些富態，留著小鬍子，臉上掛著和善的笑容，一來就做了自我介紹。「鄙人錢統，二位叫我錢老闆就可以了，聽說二位訂野味？」

「嗯，那獵戶呢？」顏末點點頭。「能不能聯絡上他，我好問問他能不能打那野味，當然，買賣走的還是錢老闆這裡，錢老闆介紹了人，我也不會佔便宜。」

錢統笑了笑，摸著下巴嘆口氣。「可惜我聯絡不上他了。」

顏末看著錢統。「願聞其詳。」

「是這樣，我們合作的分成一直沒談好，他嫌我給的太低，所以談了三次，第三次的時候快談好了，不過他說還要一晚上時間好好考慮考慮，因此第四次約談就定在了第二天，但第二天他沒來，一直到現在，也沒出現過。」錢統搖搖頭。「等店裡這批野味吃完，我就找別的管道訂貨。」

顏末說：「看來錢老闆找別的管道並不難，那怎麼和那人糾結如此久，談三次都談不攏，換別的管道不就好了。」

「呃……」錢統尷尬的搔搔臉頰。「其實不瞞二位，不是我非要和那人談，而是我們少東家非要和那人談，大概我們少東家覺得對方現打的野味新鮮。」

顏末瞇了瞇眼睛，看了眼邢陌言，立即開口問道：「能問下你們少東家是誰嗎？」

「哦，我們少東家是方家的二少爺。」錢統還有些得意。「方府，你們聽過沒？」

顏末看向邢陌言。

邢陌言微微垂眸，開口道：「是吏部尚書府大夫人的娘家嗎？」

顏末驚訝，吏部尚書？

錢統點頭。「吏部侍郎的大夫人姓方，我們少東家是大夫人哥哥的嫡次子呢。」

這可真是全兜乾淨了。

難怪邢陌言說千金樓背景深，原來和吏部尚書府掛鉤，想起吏部尚書府，顏末就想起了吏部侍郎的嫡長孫姚琪，仗勢欺人，以看他人痛苦為樂。

錢統搬出身後靠山之後，就開始和邢陌言套近乎，話與話之間，全透著想要結交的想法，恐怕來的時候，錢統就聽小二說了邢陌言買酒的舉動。

一個不缺錢的主兒，錢統自然樂得結交，搬出他身後的靠山，也是為了結交方便，如果能讓邢陌言上趕著對他客氣，那最好。

只可惜邢陌言不吃錢統這一套，不管錢統想怎麼打聽邢陌言的背景，都被邢陌言三言兩語擋了回去，而且說話滴水不漏，讓錢統很無奈。

最後邢陌言說不想要野味了，就把錢統給打發走了。

等錢統走了之後，邢陌言讓人把酒打包好，然後將酒罈子交給了顏末。

千金樓的酒罈子並不大，相反，還非常精緻，一手可握，由此可見，這就賣得有多貴，不僅賣的是酒的品質，還有包裝酒的顏值。

顏末捧著三個酒罈子，抽了抽嘴角。「都我拿著，大人不拿一個？我要是不小心摔了……」

「反正我也不愛喝酒。」邢陌言淡淡瞥眼顏末。「摔了的話，就從妳工錢裡扣好了。」

顏末氣結。「……」

邢陌言今天不僅騷包的戴了一個祖母綠扳指，渾身雪白衣著，銀線滾邊，還披著一件華麗的銀色披風，走動中，長髮被風吹起，端的是陌上人如玉，君子世無雙。

顏末走在邢陌言身邊，瞥了眼自己身上火紅色的披風，那是出門前，邢陌言扔給她的，邢陌言的披風到小腿，她的披風卻到腳踝，差一點點就拖地了！這讓顏末覺得自己莫名像個球，為什麼同樣都是披風，差距怎就這麼大呢。

大概看出顏末的怨念，邢陌言伸出手，懸在顏末頭頂，又平移到自己身前。「妳看看位置到哪？」

顏末一扭臉，氣憤道：「我不看！」

「認清現實比較好。」邢陌言笑了笑。「不過這個身高也剛剛好。」

顏末疑惑。「哪裡剛剛好了？」

邢陌言挑眉。「妳猜猜看？」

「我覺得肯定不是什麼好話。」顏末撇嘴。「我才不猜。」

邢陌言嘆了口氣。「妳估計是個傻子。」

又是這句話，顏末有些炸毛。「大人，我發現最近你開始對我人身攻擊了，我為什麼是傻子？」

「那好吧，不是傻子。」邢陌言輕笑一聲，湊近，低頭看著顏末，眼中似有星光劃過，唇角弧度令人著迷，聲音低沈悅耳，輕聲問道：「是小傻子，可以嗎？」

顏末睜大眼睛，看著湊近的俊顏：加個小字，不還是傻子？那當然……當然也不可以！

雖然這樣想著，但顏末卻並未出聲，只抱著三個酒罈悶頭往前走。

邢陌言在顏末身後輕咳一聲。「走反了，霖衣坊的方向在那邊。」

顏末腳頓住。「……」嗷嗷嗷，這個人好煩！

霖衣坊不愧是有名的成衣店，做衣服速度快，品質也好，布料柔軟，摸起來很舒適，最重要的是，價格很公道！

「衣服都已經打包好了。」林繡娘笑著將兩人迎進來，一邊招呼人把衣服送過來。

來之前，顏末已經托人給江月送信兒，說她今天來取衣服，順便把江月的衣服也給取了。

可是在接到衣服的時候，顏末發現對方給了她三個兜子。

「月月多訂了一套衣服嗎？」顏末好奇問道。

林繡娘笑著搖頭。「沒有，江姑娘只訂了一套衣服。」

「那這裡怎麼有三套？是不是拿錯了？」顏末將手裡的兜子遞過去，想讓林繡娘查看一下。

林繡娘卻不伸手，反而笑著看了眼邢陌言，才對顏末開口。「那多出來的一套衣服是你的，顏公子。」

顏末微微瞪大眼睛疑惑。「我的？」

林繡娘點頭肯定。

顏末瞬間吸了口氣，捂著胸口。「我不會多給錢了吧？」

「想什麼呢？」林繡娘失笑道。「是之前邢大人給你訂的衣服。」

這可真是驚訝了。

顏末詫異的轉過頭看邢陌言。「大人給我訂的衣服？」

「以免妳去了春宴丟人。」邢陌言簡短回了一句。

顏末撇撇嘴。「那大人怎麼知道我需要的衣服尺寸？」

邢陌言搖頭。「我不知道，是妳自己說的。」

「我……」顏末突然想起之前來訂衣服的時候，把自己衣服尺寸告訴了林繡娘，難道是那個時候……

林繡娘點點頭。「大人說要給顏公子訂做一件衣服，說顏公子會自己過來報尺寸。」

果然……這算是大理寺給的福利嗎？

等邢陌言也拿了衣服，兩人便離開了霖衣坊。

顏末提著衣服，抱著酒，跟在邢陌言旁邊，歪頭問：「大人既然要給我訂做衣服，那為什麼不早告訴我，這樣我還能省了一件衣服的錢。」

邢陌言瞥了眼顏末，開口教導。「做人別那麼摳摳索索。」

顏末豎眼。「……」你說的大概是你自己吧。

不過看了看懷裡的酒，想到之前邢陌言一擲千金的行為，還是不說什麼了。

「對了，大人，你給我訂做的衣服，是什麼顏色的？」走了會路，顏末又和邢陌言聊起來，聽起來有些沒話找話，但這樣一路沈默下去，也太尷尬了。

邢陌言目不斜視道：「絳紅色。」

「又是紅色？」顏末抖了抖身上的披風。「大人你喜歡紅色嗎？為什麼自己不穿？」

「不喜歡。」邢陌言回答得乾脆。「穿在我身上不好看。」

第二十二章

聽邢陌言這樣說，顏末就轉頭仔細打量邢陌言，按理說，好看的人，穿什麼都好看，顏末在腦海裡構想邢陌言穿紅色的衣服，忍不住就嘖嘖兩聲，光是想像，都覺得那是真絕色了。

這時候，兩人已經走到了大理寺門口，顏末趕忙邁著步子小跑起來，三兩下跑到了大理寺門口的臺階上，轉回身看邢陌言。「大人，這酒給你放哪裡？」

邢陌言看著顏末，語氣淡淡道：「廚房。留著炒菜用吧。」

顏末不敢置信的張大嘴。「大人，花錢也不是這樣花的，太敗家了！這麼好的酒，怎麼能炒菜用?!」

「炒菜還能吃進肚子裡管飽，喝酒有什麼用？」邢陌言走到顏末身邊，反問道。

顏末抱緊懷裡的酒，不願意，嘴裡嘟囔道：「好歹我也抱了一路，不然這酒賞給我喝吧？」

邢陌言微微有些訝異。「妳喝酒？」

「我酒量可好了。」顏末嚴肅點頭。

「那給妳吧。」邢陌言答應得爽快，低頭看了眼顏末，嘴角還勾了勾。

「真的？」顏末眼睛一亮。「不反悔？」

邢陌言輕哼一聲。「再問就反悔了。」

「不問了不問了。」顏末抱著酒進門，輕快的蹦下去，一邊往前跑，一邊開口。「我先把酒送我房裡去了！」

邢陌言搖搖頭，看著顏末歡快跑走的身影，覺得有些好笑，他可一點都沒想到顏末會喜歡酒，果然單純用男人或女人的標準來看待顏末，是不行的。

顏末在千金樓一本正經問線索的時候，是不是早就偷偷打起這酒的主意了？好似一點都不在意，結果喜歡得很，裝得可真像。

大雪過後，積雪不易融化，但潔白的雪面被灰塵覆蓋，讓積雪看起來有種髒髒的感覺，惹人不喜，但不遠處，顏末跑動時，火紅的披風飛揚起來，搖擺著活力與歡欣，映得灰撲撲的積雪都變得順眼起來。

邢陌言暗自點頭，雖然他不喜歡紅色，但紅色果然好看。

召開春宴的日子很快就到來了，這是大瀚朝一大盛事，所以文武百官都非常重視，在前一天就早早準備了起來。

春宴，顧名思義，是為了迎接春天的到來，一年之計在於春，舉辦春宴，寓意有一個好的開始，也因此，文武百官也會在春宴前一天舉辦一場小型春宴，一來是為了打掃整理，二來也是為了能有一個更好的面貌去參加朝廷召開的春宴。

一大早，大理寺就忙了起來，別看大理寺女人少，小廝的作用少不了，掃地除灰樣樣行，洗碗洗菜小意思，據不願意透露名字的熱心朱姓人士爆料，這都是被邢大人給逼出來的。

冬天過年，吃多了大魚大肉，所以小春宴上準備了不少清淡菜色，滷豬耳朵肉當涼菜，看起來讓人非常有食慾。

不過小春宴和年宴一樣，都是和家人一起過的，所以大理寺小春宴，又剩下顏末和孔鴻了。

顏末拿了一瓶酒出來，是千金樓最貴的酒，她沒偷喝，準備今天和孔先生一起喝。

這酒的名字就叫千金酒，是千金樓的招牌，按現代話講，最大的特點就是濃度高，當然酒的味道也很好，很純正。

千金酒受到孔鴻的熱烈歡迎，就見孔先生捏著酒杯，先是聞了聞，念了一句詩，大概是感嘆味香純正的意思，念完喝一小口，又是一句感嘆，等抬頭的時候，就見顏末砰一聲放下酒杯，剛才倒的那一杯酒，顏末已經就著涼菜喝完了。

孔先生深吸一口氣，偶爾這個時候，他就會忘記顏末是個女人。

作為唯二單從外表就看出顏末是女人的第一人，孔先生表示，也不怪其他人都看不出來，他也經常懷疑自己眼拙，哪怕江月那次聽戲回來，再次肯定了顏末是女人的事實，孔鴻也總是疑心自己的眼光出了差錯。

「這樣喝不好吧？」孔先生委婉開口道。

顏末看了看酒杯，奇怪道：「不會啊，挺好喝。」

孔鴻扶額，行吧。

吃著小菜、喝著小酒，人生簡直美哉。

於是顏末一不小心，就喝多了。

千金酒度數高，後勁也挺大，顏末以前工作出任務的時候，組裡的隊員絕對不會讓她碰酒，因為一碰酒，喝醉了，顏末就會發酒瘋。

尤其度數高後勁大的酒，簡直讓人瘋到上頭。

邢陌言在家裡吃完小春宴，就回到了大理寺，剛邁進大理寺的門，就聽到一陣鬼哭狼嚎。

腳步頓了頓，邢陌言後退一步，仰頭看了眼大理寺牌匾，確定沒有走錯，這才走進去。

順著哇哇亂叫的聲音，邢陌言走到飯廳，就見顏末盤腿坐在桌子上，一手拿著酒杯，一手捏著鴨腿，喝一口，吃一口，唱好幾句歌。

孔鴻站在一旁目瞪口呆，旁邊有幾個小廝想去拉顏末，卻聽顏末叫得更大聲，嗷嗷的，生怕別人要把她怎麼了似的，比殺豬嚎叫聲好不到哪裡去，嚇得那幾個小廝也不敢拉人了。

邢陌言捂著額頭，語氣特別無奈。「怎麼回事？」

孔鴻哭笑不得的看著邢陌言。「簡而言之，就是顏末喝醉了，在耍酒瘋呢。」

「怎麼這副德行？」邢陌言搖搖頭。「真不應該給她酒……」

大概聽到了邢陌言的話，顏末看過來，扭著身子，突然千嬌百媚的叫了一聲。「大人～～」

孔鴻和幾個小廝全都哆嗦了一下，跟沒見過世面一樣，很有些回不過神來。再看邢陌言，果然不愧是大理寺卿，表情都沒變一下。

「大人～～」

等顏末又叫了一聲，一個小廝張了張嘴，感嘆道：「顏大人學過花旦腔吧？」

小廝話落，邢陌言有了動作，他走上前幾步，順便揮揮手。「你們都先下去吧，她需要醒醒酒，我來就行。」

幾個小廝都同情的看向顏末，心想邢大人是要收拾顏大人吧？

不過想歸想，他們也不敢留，連忙轉身跑了。

孔鴻也非常乾脆轉身離開，他從江月那裡得知，邢陌言恐怕已經發現了顏末是女人，所以他也不怕留邢陌言和爛醉的顏末單獨相處，反正顏末也沒什麼可暴露的了。

不過，這下就變成了一男一女單獨相處，他就這麼離開，合適嗎？

想到此，孔鴻又轉身走了回去。

邢陌言正將手伸向桌上盤腿坐著的顏末，聽到腳步聲，回頭看了眼。

孔鴻笑了笑，伸手一指。「大人，我只是來拿個酒，那酒不喝完，就浪費了。」

酒哪有不喝完就浪費一說，不過邢陌言也沒說什麼，伸長胳膊去拿顏末身後的酒罈，期間還得躲避顏末要搶奪酒罈的手。

「安分點。」

邢陌言一手攔著顏末，一手將酒罈遞給孔鴻。「先生如果愛喝，過幾日我再讓人買回來。」

「那就謝謝大人了。」孔鴻笑著接過酒，這次頭也不回的走了。

嗯，喝酒誤事，他還是把酒拿走好了，才不是為了獨佔美酒什麼的。

孔鴻離開後，邢陌言感覺自己的衣袖被拽住，回頭一看，就見顏末撇著嘴，一臉委屈的看著他。

這樣委屈的表情還從未在顏末的臉上出現過，讓邢陌言覺得有些稀奇，於是看得目不轉睛，與此同時，他突然有些手癢癢、心癢癢，想著如果繼續欺負顏末，她是不是還會露出更可愛的表情？

「酒……」顏末打了個酒嗝，不甘心的扯著邢陌言的袖子，力道頗大。「你賠我酒，嗝……」

邢陌言勾起嘴角，搖搖頭，無情拒絕。「不賠。」

顏末瞪大眼睛，一臉不敢置信，彷彿沒想到邢陌言會是如此厚顏無恥之人。

「你……你欺負人。」說完，竟然眼眶一紅，要哭了似的。

邢陌言不動如山的看著，還伸手摸了摸下巴，表情越發高深莫測。

「酒是好東西。」邢陌言在顏末真的要掉金豆子之際，終於伸出手，大發慈悲的拍拍顏末腦瓜頂。「但不給小騙子喝。」

顏末抽噎一下。「我不是……不是小騙子。」

「最好是。」邢陌言嘖了一聲。「誰跟我說自己酒量很好來著？結果不僅酒量不好，酒品也不好。」

雖然醉著，但顏末知道自己被訓了，於是癟著嘴，叫道：「大人～～」

邢陌言一頓。「……」雖然醉了，但是還挺懂撒嬌，不過邢陌言非常鐵石心腸，伸出修長的食指，一戳顏末的額頭，無情道：「叫大人也不行，以後必須少喝酒。」

就算要喝，也必須在有人看顧的情況下才行，不然喝醉了被賣都不知道。

顏末不開心，眼睛一轉，拽著邢陌言的袖子使勁晃。「大人～～要不然我給你跳個舞吧，你賠我酒。」

剛才是唱歌，現在要改跳舞了？

不等邢陌言回答，顏末立即打算強買強賣，晃晃悠悠的從桌上站起來，一站定，就開始甩胳膊蹬腿，撒了歡似的，開始做一套廣播體操。

邢陌言伸出兩隻手臂護著，臉上表情頗為無語。「妳到底是跳給我看，還是妳自己想跳？」

看顏末跳得還挺賣力，邢陌言也就仰著頭欣賞起來。

不過這丫頭嘴裡喊的一二三四、二二三四是什麼？節拍嗎？而且每換一個動作，還開口喊什麼伸展運動、擴胸運動，代表了能鍛鍊到身體哪部分嗎？

別說，雖然看著不像正經舞蹈，但每個動作的銜接都很流暢，而且確實把身體各個部位都用到了，如果每天堅持練習，對身體的確會有好處。

邢陌言暗自點頭，繼續欣賞。

但他怎麼都想不到，不管廣播體操的名字如何變換，從雛鷹起飛到舞動青春，肯定有一項是跳躍運動，於是……

「砰——」

邢陌言一驚，連忙踏步向前，將從桌子上跳下來的人抱了個滿懷，咬牙看著懷裡的人，情緒還有些緩不下來。「……開始想嘗試屁股著地的滋味嗎？」

「嗯？」顏末從邢陌言懷裡抬起頭，一臉納悶，歪頭看對方，不明白自己怎麼就換了個地方。

邢陌言無奈。「……」嗯什麼嗯，裝可愛沒用，如果不是他的手臂一直張開護著，恐怕就接不到人了。

顏末懵懂的看了邢陌言半晌，像是終於回過神，打著酒嗝開口。「跳完了，賠酒。」

這是打算和酒槓上了。

邢陌言嘆了口氣。「好好好，賠酒。不過妳要先休息，不許再鬧騰。」

顏末暈紅著臉笑起來，笑得一臉得意蕩漾，伸手比了個0和3。「OK～～」

邢陌言一驚。「？」

將鬧騰鬼送回臥房，邢陌言走出來的時候，額頭都冒出了細密的汗珠。

再次在心裡暗下決心，以後絕不能讓顏末隨意喝酒，喝酒事小，喝醉事大。

不過在飯廳鬧得那麼歡騰，說不讓鬧了之後，怎麼那麼聽話，一到床上就躺平，還自己蓋好被子，一臉乖巧拍拍被褥，他都還沒說什麼，就伸手跟他說拜拜。

話說，拜拜是什麼意思？

邢陌言嘆息著搖頭，不過想起顏末喝醉酒時的模樣，嘴角又不禁冒出了笑容。

大概，足夠他回味好幾天了。

顏末頭疼欲裂的從床上醒來，起先懵了半晌，然後很快反應過來——自己昨天應該是喝醉了。

又高估自己了……

她記得昨天在和孔先生吃飯喝酒，那酒不愧是千金樓最貴的招牌酒，滋味絕了，所以一不小心就貪杯喝多了，然後她幹了什麼？

第二十三章

顏末不只酒量差，酒品也好不到哪裡，但她醒酒後，喝醉時候的記憶很快就能回想起來，雖然不知道這種情況是好是壞，但比起對自己喝醉時做的事情一無所知，她更想要知道自己都做了些什麼。

哪怕每次回憶，對她而言都是難忘且慘痛的經驗教訓。

但記吃不記打，說的就是顏末這種人，一次慘痛教訓之後，下次還敢喝。

顏末皺眉回憶自己昨天的所作所為，越想，臉上的表情越崩潰。「嗷嗷嗷……」

她坐在床上拍被子叫喚，覺得自己可以不用活了，在孔先生和小廝們面前丟臉就算了，怎麼邢陌言還回來了?!而且她都當著邢陌言的面幹了什麼蠢事?!

噁心巴巴的叫大人就算了，還唱歌，還跳廣播體操？而且還跳進了邢陌言懷裡?!

感謝邢大人沒把她扔出去，還把她送了回來，但是想想，好丟人啊啊啊！

正在房間生無可戀之際，房門被敲響了。

「顏公子，今天晚上有春宴，大人讓我叫你起床。」朱小谷歡快的聲音從門外傳來。

「早點起床，早點準備，哦，對了，大人還說，讓你晚上記得別喝酒，不要給他丟人。」

「啊啊啊——」

房間裡傳來顏末崩潰的嚎叫聲。

朱小谷站在房門口眨眨眼，有些愣住，回想一下自己剛才說的話，有什麼刺激到顏公子了嗎？

多少平復了心情之後，顏末把從霖衣坊帶回來的兩件衣服擺在床上，一件是藏藍色，一件是絳紅色，衣服的款式隨顏色搭配，一件低調，一件奢華。

如果這兩件都是她買的，那完全不用糾結該作何選擇，但不幸的是，其中有一件是邢陌言為她訂做的。

想著自己以後還要在邢陌言手底下混，顏末遲疑了那麼幾秒，便毫不猶豫的選了絳紅色。

必要的時候，還是要討上司歡心才行。

「聽說春宴的長桌能從乾清宮排到宮門口，盛況空前，是一年當中最盛大的宴會。」朱小谷坐在馬車上，給顏末介紹自己前年參加春宴的場景。「雖然我們這種小人物不一定能見到皇上，但能在皇宮裡吃一頓飯，還是非常不錯的。」

顏末好奇道：「舉辦一次春宴，花費應該很大吧，而且是不是有些勞師動眾？」

「還行吧，大瀚朝別的不多，就是錢多，國庫充盈嘛。」朱小谷搖頭晃腦道。「所以每年都變著法花錢，而且也不算勞師動眾，每到這個時候，京城裡好多大廚都願意給宮裡無償做飯呢，畢竟說出去，也加倍有面子不是，只要能給春宴提供飯菜，之後他們酒樓的生意都會好得不得了，這要是能得皇上或者其他貴人一句誇獎，那就更不得了啊，足夠炫耀整整一年呢！」

顏末抽抽嘴角，徹底無語，覺得這就是沒事閒的。

不過她對皇宮還是有些好奇，如果能見一眼當朝皇帝，那就更不錯了。

掀開簾子，顏末看向外面，看到好多轎子馬車，而且都是朝著同一個方向而去，裡面也許坐著當朝權貴，也許坐著權貴家眷……

這京城，走在路上的也許是平民，但坐著轎子馬車的，絕對是有錢有權有勢之人。

當然，在京城碰到走路的人也絕不能掉以輕心，誰知道哪天這些有錢有權有勢的人，不會走路上街呢。

至少邢陌言就愛好走路。

不過今天進宮參加春宴，邢陌言也坐了馬車，但他自己單獨坐一輛車，就在他們這輛的前面。

顏末看著外面，思緒有些發散，她酒醒之後，本來挺不好意思面對邢陌言，但邢陌言今天忙得很，也沒空搭理她，就連坐車也自己一輛，連看都沒看她一眼。

是不喜歡她醉酒，覺得跌破眼鏡嗎？

想想也是，古代的女人多溫婉賢淑，別說喝醉了，連酒都少碰，而她不止喝醉了，喝醉之後發酒瘋簡直要人命，估計被鬧煩了吧。

顏末嘆了口氣，揉揉臉，也不怨天尤人，都是她的錯，要不是看到酒不矜持，也不會招人厭惡。

但轉念又有些鬱悶，虧她今天特意挑了絳紅色的衣服……

呸，就不應該去討好邢陌言。

懷著複雜多變的心情，顏末一行人終於到了宮門口。

從馬車上下來，顏末打量著面前巍峨的皇宮，微微張大了嘴，眼中閃著驚嘆的光芒，這些古建築，不管從什麼時候看，都讓人有種無法言說的感慨，在時代的洪流中，彷彿能看到一幕幕歷史。

「呦，這不是邢大人嗎？」一道調侃的聲音傳來，聽語氣，還帶著點不懷好意。

顏末聽著這聲音有些耳熟，順著聲音看過去，立即撇了撇嘴。

站在宮門前說話的人，他們都認識，就是吏部尚書嫡長孫，姚琪，也是當初國子監分屍案被冤枉的那位，雖然是被冤枉的，但姚琪可不是個好的，做的不叫人事，不過是沒鬧出人命罷了。

顏末和朱小谷走到邢陌言身後，安靜的站著，儘量降低自己的存在感。

京城是權貴的天下，皇宮是吃人的地方，他們這些小魚小蝦米還是安分點好。

不過安分歸安分，顏末職業習慣又冒上來，忍不住就要觀察周邊的人。

姚琪身前站著一位白鬍子老頭，雖然頭髮花白，但是精神抖擻，面上嚴肅，不怒自威，此時正伸手拍姚琪的腦袋，似乎是不滿姚琪剛才說話的語氣。

朱小谷順著顏末的目光看過去，湊過來悄悄給顏末介紹。「這位是姚琪的爺爺，吏部尚書姚正業。」

顏末了然的微一點頭。

前面姚正業教訓完姚琪，就開始和邢陌言搭話。

「還未謝謝邢大人之前幫琪兒洗刷了冤屈。」姚正業撚著鬍鬚說道。

顏末在心裡腹誹，這老頭也是虛偽，要謝謝怎不早來謝謝，現在說什麼場面話，而且她沒記錯的話，那案子結束之後，姚琪也沒討到好，這其中就有邢陌言的手筆，不然姚琪剛才也不會那麼陰陽怪氣。

這老頭難道不知道？那絕對不可能，所以說，這位心思夠深的。

才來到宮門口，見到的第一個人就如此難對付，果然皇宮是個吃人的地方。

姚正業虛與委蛇，邢陌言就笑裡藏刀，兩人刀光劍影間，看得顏末驚嘆不已。

話不投機半句多，談話沒多久就結束了，畢竟還要進宮赴宴。

姚正業的目光從邢陌言身後移到了顏末身上。「聽說邢大人收了一位能人，之前國子監那個案子也多虧這位能人，才找到真正的凶手，好像是分辨指紋對吧？可真是神奇了。」

顏末眨眨眼，沒想到對方突然將話題轉到了她身上。

邢陌言沒回頭看顏末，只是微微勾唇笑了下。「也算不得神奇，不過是民間把戲罷了，姚大人如果感興趣的話，可以叫人去民間查探下，有很多新奇的玩意兒。」

「哈哈，老夫年歲都這麼大了，可不是那貪玩之人。」姚正業收回放在顏末身上的目光，笑著應和幾句，轉身帶著姚琪離開了。

離開前，姚琪還回頭瞪了眼邢陌言。

顏末和朱小谷也跟著邢陌言往皇宮裡走，一路上遇到不少人。

最讓顏末記憶深刻的是翰林院掌事江達，也就是江月的父親，果然不愧是當年皇上欽點的探花郎，哪怕人到中年，那一身容貌氣度，也足夠令人驚嘆，歲月在他身上沈澱了風華，若用現代話讚嘆一句，絕對是中年美大叔。

當真是品貌非凡，清新俊逸，雖然光從外表看，江達的相貌不如邢陌言那樣讓人印象深刻，但見到這人的一瞬間，腦海中能立即映出一句話，那就是腹有詩書氣自華。

顏末看得都有點呆了，還是江月跑過來，在她眼前揮揮手，她才回過神。

江月捂著嘴直笑，笑得顏末有些不好意思，身為一位員警，面對最多的除了凶犯，還是凶犯，很少能見到這麼優秀的文化人士，遇到這種高知識分子，好像行為粗暴一點都不合適，讓人怪不自在的。

這就是有內涵的人啊，顏末在心裡暗自感嘆，同時有些疑惑，看上去如此有文化，如此知性文雅的人，怎麼就生出江月這樣活潑好動的女兒？關鍵是這女兒的愛好還有些與眾不同。

邢陌言回頭看了眼顏末，眼睛微微瞇了瞇。

「邢大人，好久不見。」江達走近，溫和笑著跟邢陌言問好。

邢陌言立即回禮。「江大人。」

江達的臉上一直掛著讓人如沐春風的笑容，雖然身為長輩，但一點也不端長輩的架子，和邢陌言敘舊完，他轉頭看向江月，招招手。「月月，要和為父一起走才行。」

江月笑嘻嘻的扯了扯顏末的袖子，給江達介紹。「爹，這是我的好友，顏末，我可喜歡她了。」

顏末一驚，心想大閨女，我現在是男兒身！妳也不怕妳爹誤會啊？

可顏末看向江達，卻發現江達還是溫和笑著，一點不喜的神色都沒有，甚至還點點頭，有些欣慰。「多交些朋友是好的。」說完，江達還看向顏末，笑著誇讚道：「這位小兄弟的確一表人才。」

顏末下意識回了個笑容，心裡對這位美大叔的好感蹭蹭飆升。

給江達介紹完自己的好友，江月就跑回江達身邊，和江達一同往宮裡去。

顏末伸手捧臉。「江大人真的好溫和啊。」

朱小谷認同的點點頭。「江大人脾氣是很好，不過就對一個人的態度不咋好。」

「啊，江大人對什麼人不好？」顏末奇怪，江達看上去就是個溫柔的人，還有對人態度不好的時候嗎？

不遠處，鍾誠均也跟著定國公來了，看到江月，下意識就要打招呼，但看到江月旁邊的江達，又瞬間縮了縮脖子，表情有些僵硬，臉上燦爛的笑容都收斂了不少，規規矩矩的打招呼問好。

江達眼睛眯了起來，伸手一按旁邊乖巧狀的江月。「月月，朋友可以多交，是男是女都不重要，但傻小子還是要少接觸，不然自己也會變傻，爹還是希望妳能多考慮考慮。」

江月無奈的看了她爹一眼。「您都讓我考慮八百多回了。」

顏末在旁邊看得目瞪口呆，同時又有些幸災樂禍，這是岳父看女婿，越看越不順眼嗎？正看著，腦袋就被人拍了一下。

顏末捂著腦袋，抬頭看邢陌言。「幹麼呀，大人。」

邢陌言收回手，背在身後。「江大人當年是有名的才子，江伯母也是有名的才女，而且家境殷實，聽說過榜下捉婿嗎？」

顏末瞪大眼睛，點點頭，驚訝道：「難道……」

邢陌言證實。「嗯，當年江大人就是被榜下捉婿。」

顏末張大嘴，表情驚嘆。

「不過江大人和江伯母早就情投意合，江大人當年沒有背景，他說自己太優秀，怕被別人看上，讓自己被迫負了江伯母，所以才出主意，讓岳父大人榜下捉婿。」

邢陌言像是想到了什麼好笑的事情，勾起嘴角。「聽說當年江伯母的父親是捏著鼻子，頗為不滿的榜下捉婿，還讓人好奇他到底對這個女婿是滿意還是不滿意。」

顏末聽了之後特別無語，一來，江大人原來那麼自戀嗎？二來，果然歷來岳父看女婿都不順眼，所以江大人現在是傳承了他岳父的風範嗎？

可見也沒少被為難過。

第二十四章

顏末突然好奇問道：「那江夫人對鍾大人滿意嗎？」

邢陌言笑著點頭。「那是相當滿意。」

顏末噗的一聲，捂著嘴直樂，同時感嘆道：「怎麼丈母娘看女婿越看越滿意，這當爹的就不行呢，鍾大人真慘，難怪這麼久，都還沒和月月定下成親的日子。」

想必是還在接受考驗呢。

邢陌言聞言，盯著顏末看。「話說回來，妳如果要成親，應該沒人阻撓。」

顏末皺皺鼻子，她爸媽早就去世了，現代也是孤兒一個，當然沒人阻撓。「我自由人一個。」

邢陌言點點頭。「挺好。」

顏末撇撇嘴。「但我看人的眼光高著呢，估計要成親也沒那麼容易。」

「做人還是要厚道點。」邢陌言拍了拍顏末的腦袋。「不然該嫁不出去了。」

「不怕，我們那裡三十多還沒嫁人多的是。」顏末抱著手臂。「沒聽說過那句話嗎？愛情誠可貴，自由價更高。」

邢陌言無語的看著顏末。「妳確定女人到三十多還沒嫁人，不著急？」

顏末摸了摸鼻子，小聲嘀咕。「著急的肯定有，但誰讓大家都是單身狗呢。」

「嗯？」邢陌言皺眉。「什麼狗？」

「哎呀，大人，幹什麼討論我的婚姻大事。」顏末不想再繼續聊這個話題，因為算一下，她都快變成剩女了，非常不開心。「我沒房沒車的，談什麼戀愛，一點保障都沒有。」

「這和房子車子又有什麼關係？」邢陌言眉頭皺得可緊，覺得顏末這樣的態度有些危險。

顏末推著邢陌言後背。「走啦，大人，什麼什麼關係，反正和你沒關係。」

邢陌言瞇起眼睛，呵呵笑了兩聲，笑得顏末毛骨悚然，嗖的一下收回了手，狐疑的看著邢陌言，覺得邢陌言在想些什麼不好的事情，又有人要倒楣了。

但顏末收回手，邢陌言也只是看了一眼，不再說什麼，轉身走了。

顏末滿頭霧水的跟在邢陌言身後，走了幾步，突然想到，剛才邢陌言和她說了那麼多話，還關心起她的婚姻大事，是不是因為看過她酒醉後的姿態，怕她找不到對象？

算不討厭她吧，不然也不會關心她，不過顏末還有些不高興，雖然不討厭，但是很嫌棄她吧，不然幹麼擔心她找不到對象，還扯這麼多話出來，真叫人煩心。

皇宮地方大，來的人雖然多，但並不顯擁擠。

顏末跟在邢陌言身後，像極了沒見過世面的土包子，一邊走一邊看，嘴巴都張大了。

大理寺卿是正三品官員，職位高，春宴的座位很前面，走沒多久，就有太監過來接人，引邢陌言去為他安排的座位上。

越往裡走，越接近皇帝坐的位置，顏末偷偷抬頭看了幾眼，瞥到了金黃色的座椅，不過座椅空著，看樣子皇帝還沒來，想想也對，大人物一般都最後出場。

不過在金黃色座椅下面，有一個眼熟的人影，仔細看，是穿著淡黃色皇子袍的邵安炎。

邵安炎看到邢陌言過來，笑著招了招手。

邢陌言點頭致意，在自己位置上坐好。

顏末和朱小谷則坐在邢陌言身後的位置，坐好之後，她再次抬頭看向周圍，發現姚琪就站在對面斜前方、姚正業身後的位置上，而姚琪身旁，則站著一位穿著和邵安炎相近的男人。

男人五官明豔，有種銳利的美感，但氣質略顯輕浮，有些破壞這副好相貌。

和姚琪站在一起，還同樣穿著皇子袍，這位不會是二皇子邵安行吧？

邵安行和姚琪站在一起說著什麼，兩人的目光時不時往邢陌言的方向看，顏末微微皺眉，看了一眼前方的邢陌言，又抬頭去看姚琪和邵安行，這一看，立即就是一驚。

她和邵安行對上了視線。

邵安行看上去吊兒郎當的模樣，但那雙眼睛卻盯著顏末不放，與此同時，還在和姚琪說著什麼，姚琪聽完之後，目光也轉向顏末，臉上帶著明顯的不屑，嘴上想必也沒什麼好話。

顏末立即低下頭，不再看過去。

沒多久，隨著太監的高聲呼喊，皇上終於姍姍來遲。

文啟帝相貌英挺，眉眼鋒利，人過中年，但精氣神十足，看著很有威懾力。

說過一些場面話之後，春宴正式開始。

顏末發現文啟帝和誰都能聊兩句，但和邢陌言聊得最多，他似乎很喜歡邢陌言，不過邢陌言倒是語氣淡淡，不卑不亢，話也不多。

兩人說話間，顏末偷偷瞥了一眼文啟帝，發現邢陌言哪怕是這樣平淡的態度，文啟帝臉上也都是笑容，一點不悅的表情都沒有，而且看著邢陌言的神色還很溫和。

而看著文啟帝對邢陌言的態度越和善，邵安行的臉色就越臭。

正好文啟帝和邢陌言聊到國子監的案子，姚正業突然開口，笑吟吟的讚揚了邢陌言破案之快，又讚嘆了破案的手法，言語之間雖然沒提顏末，但顏末也感覺自己被cue到了，心中不好的預感陡然升起。

果然，在姚正業話落之後，文啟帝顯然被勾起了興趣。「聽說你手下有一人用指紋就判斷出凶手，那顯露指紋的方法頗為神奇，今日將人帶來了嗎？讓朕瞧瞧。」

邢陌言還未說話，就見邵安行指著他身後，點向顏末。「父皇，就是那位，聽說也多虧了那位的福，兒臣才能洗刷冤屈呢。」

顏末被點到，連忙站了起來，跪在邢陌言身後，給文啟帝行禮。

「哦？又是幫姚琪洗脫嫌疑，又是幫二皇子洗刷冤屈，邢愛卿手下這位真是有本事。」文啟帝看著顏末，對邢陌言打趣道：「不過，邢愛卿，你是從哪裡找到這位人才的？」

顏末心下一驚，忍不住想要抬頭，但又及時扼住了自己的舉動。

文啟帝的語氣看似很平常，但是不是在試探什麼？

畢竟她的確來歷不明。

突然驚起一身冷汗，這裡可是封建社會，講究的不是人權，是皇權！雖然國子監一案，他們是幫姚琪洗脫了嫌疑，但也結下恩怨，而且最重要的是，邢陌言和邵安炎交好！

如今文啟帝只有兩位皇子成年，大皇子邵安炎，二皇子邵安行，一個是皇后所生，正正經經嫡長子，一個是受寵的姚貴妃所生，恩寵不斷，是東宮強有力的競爭者。

看上去站在邵安炎這邊的邢陌言，自然要被二皇子和姚家視為眼中釘，而從哪裡下手合適？

她這個來歷不明的人，豈不是最好的切入口！顏末暗自咬牙，心裡突然湧現出一股不甘。

面對皇帝的詢問，邢陌言早就準備好了說辭，回得滴水不漏，讓人完全揪不到錯，之後，文啟帝也沒再問別的，就這麼放過了顏末。

但顏末卻一直有些沮喪，面上沒有表現出來，可心裡著實不舒服。

此時此刻，讓顏末無比清晰的認識到，這個皇權為尊的時代是吃人的，一不小心就會步入對方的爪牙下，很無力，也很無奈。

現場觥籌交錯的眾人，是不是在談笑的時候，也戰戰兢兢生怕自己出差錯？

顏末覺得很沒意思，正好朱小谷想要去如廁，問顏末要不要去，顏末想都沒想就點了頭。

出去放放風，呼吸呼吸新鮮空氣。

春宴之際，皇宮御花園可以自由活動，讓眾位大臣可以賞花。

顏末說想要溜達溜達，讓朱小谷如廁完，去御花園找她。

御花園一年四季都被精心打理著，種植了一年四季都會開花的花草樹木，哪怕現在天氣還沒回暖，但這裡仍舊繁花盛開，空氣中有股淡淡的花香味。

顏末正走著，突然後小腿一痛，忍不住單膝跪到了地上。

旁邊一個石塊滾落，很明顯是有人拿石頭擊中了她的小腿。

「嘖嘖，你這不行啊，怎麼如此弱不禁風。」

惡意滿滿的聲音從身後傳來，顏末抿唇站起來，轉過身，看到了身後的姚琪。

「姚公子，有何貴幹？」顏末知道姚琪在沒事找事，她只能平緩語氣開口。

姚琪冷哼一聲。「你一個奴才，看到我還不下跪?!」

顏末拱了拱手，不卑不亢道：「姚公子大概誤會了，在下有職銜在身，若是沒記錯的話，姚公子還是白身……」

之前邢陌言也用這話嘲諷過姚琪，如今顏末也現學活用，姚琪還揪不出錯來，氣得臉都紅了。

「就算本公子是白身，你不用行禮，但那又如何？」姚琪氣急反笑，神色囂張，猛一上前，一腳踹在顏末剛才被擊中的小腿上。

顏末反應不及，踉蹌著後退好幾步，差一點又跪在地上。「你──」

「告訴你，本公子要教訓你，你也拿我沒法兒！」姚琪伸手一指顏末。「識相的話，就給本公子磕頭認錯，不然我讓你吃不了兜著走！」

顏末氣得渾身微微發抖，但不可否認，姚琪說的沒錯，畢竟他身分就擺在那兒，身為姚正業的嫡長孫，哪怕是白身，但只要後臺夠強硬，對付他們這種小蝦米也足夠了。

「怎麼，你不服氣？」姚琪連連冷笑。「那就去找你家大人做主啊，我看你家大人還挺護著你。」

去找邢陌言，那不就正合了你的意嗎，顏末嘴唇都抿到蒼白，也沒後退一步，想了想，她又不是男人，跪就跪，好女不吃眼前虧。

但還未有所動作，身後就傳來一絲涼颼颼的聲音。

「姚公子這是對我手下的人不滿，還是對我不滿？」

顏末吃驚的轉過頭，發現邢陌言竟然來了。

邢陌言身後跟著朱小谷，顏末一想就知道，一定是朱小谷如廁完，找過來的時候看到姚琪在為難自己，所以跑去搬邢陌言這個救兵來了。

邢陌言臉色前所未有的陰沈，微微低頭掃了眼顏末的小腿，暗沈的眼眸劃過一道冷光。

「如果姚公子對我不滿，那正好，陛下就在前面，我去請罪，請求姚公子原諒如何？」

說完，也不等姚琪什麼反應，邢陌言轉身就走，朱小谷趕緊招呼顏末跟上。

姚琪臉色大變，想要追上去，但拉不下臉叫人，他臉上就要冒出恐懼的神色，突然又變了變，露出一抹輕鬆來，只因前面邵安行攔住了邢陌言的去路。

「邢大人，賣給我面子如何，你也知道姚琪口無遮攔，他沒別的意思。」邵安行笑著對邢陌言開口。「打狗還要看主人是不是，姚琪不會這麼沒眼力，邢大人可是他的救命恩人，他就是和你這位手下鬧著玩呢。」姚琪走上來說，瞥一眼顏末，哼了一聲。「誰知道邢大人的手下這麼不禁逗。」

「對對，我只是和他鬧著玩呢。」

顏末低著頭，深吸一口氣，告誡自己要沈住氣。

邢陌言沈默的看著姚琪，那冰涼如同看死人的眼神，看得姚琪心臟發緊。

就在邵安行皺起眉，以為邢陌言不會就此善了的時候，邢陌言卻突然低沈笑了一下。

「原來是這樣，那是下官誤會了。」

邵安行挑眉，臉上帶出滿意的神色。「既如此，那邢大人就不要勞師動眾去找父皇了。」

「這是自然。」邢陌言點點頭。「不過姚公子以後還是別開這種玩笑了，我這手下頗為無趣，怕是給不來姚公子想要的反應，到時候惹姚公子不高興就不好了。」

說完，邢陌言就帶著顏末和朱小谷離開了。

等人離開後，姚琪臉上帶著不屑。「邢陌言也不過如此嘛。」

「閉嘴！」邵安行沈下臉呵斥姚琪。「你竟給我惹麻煩！邢陌言睚眥必報，今日你為難他手下，他必定不會就此善罷甘休！」

姚琪撇嘴，一點也沒把邵安行這話放心上，無所謂道：「不過是一個手下，就算他不會善罷甘休，還能對我怎麼樣，大不了再關我禁閉？呵，也就這麼點手段了。」

第二十五章

從御花園回來，邢陌言臉色如常，甚至仍舊和人談笑風生，但顏末敏感的發現，邢陌言雖然笑著，實際上笑意卻並未達到眼底。

顏末能感覺到邢陌言的低氣壓，他心中應該是不快的。

好不容易捱到春宴結束，顏末坐著馬車，一路沈默，情緒異常低落，等馬車到了大理寺，她就低著頭，一路走回了自己房間。

正坐在床上唉聲嘆氣，就聽見敲門聲。

「誰呀？」顏末一邊問，一邊去開門，看到門外是誰之後，有些吃驚。「大人？」

「嗯。」邢陌言點點頭。「能進去嗎？」

「呃，當然。」顏末側開身，讓邢陌言進來。

邢陌言坐到桌旁，將一個小瓶子放上去。「這是跌打損傷的藥。」

顏末搔搔臉頰。「大人看到我受傷了。」

邢陌言此時臉上並無多少表情，但無端讓顏末覺得心虛。

「大人不生氣了嗎？」

邢陌言看向顏末。「我生什麼氣？」

顏末指了指自己。「在皇宮那件事……」

邢陌言盯著顏末看，突然嘆了口氣。「妳以為我在生妳的氣？」

顏末抿抿嘴，沒回答。

「我沒生氣。」邢陌言搖頭。「我只是……」

「嗯？」顏末疑惑的看著邢陌言。「只是什麼？」

邢陌言繼續嘆氣。「罷了，沒什麼。」

「那大人不是生我的氣？」顏末確認道。

邢陌言氣笑了。「不是，不過我倒是有個問題想不明白。」

顏末疑問。「什麼問題？」

「姚琪公然挑釁欺負妳，以妳的性格，為什麼要那麼容忍退讓？」邢陌言目光如炬的看著顏末，皺眉。「之前誠均欺負妳的時候，妳不是每次都反擊回去了嗎？」

顏末嘆了口氣，坐到邢陌言旁邊的凳子上。「兩個人欺負的性質不一樣，鍾大人不帶惡意，但姚琪對我有惡意。」

「那更應該反擊。」邢陌言垂眸，淡淡開口。

顏末失笑。「大人是認真的嗎？鍾大人可是你的兄弟，也是大理寺的人，我也是，而且你們對我的態度，讓我知道反擊也沒什麼事，但姚琪不同，他是吏部尚書的嫡長孫，背後更是站著二皇子和姚貴妃，那裡還是皇宮，我是大人的人，所以面對姚琪的挑釁，我怎麼能隨意……」

「妳怕嗎？」邢陌言抬眼看向顏末。

顏末愣了一下，隨即搖頭。「我不怕，我是怕給大人惹麻煩。」

「妳覺得自己做錯了嗎？」邢陌言又問。

顏末皺眉。「當然沒有。」

「那為什麼怕給我惹麻煩？」邢陌言伸手，勾起顏末垂在身前的一縷頭髮。「妳也說妳是我的人，我的人，我自然會罩著，妳既然不怕，也沒有做錯什麼，那就按照妳的想法去做就是了，有什麼後果，我給妳擔著，妳只要記住一點，我的人不許受欺負，更不許受委屈。」

顏末愣怔的看著邢陌言，這番話反反覆覆在腦海中迴響，連帶著胸腔都滿滿漲漲的。

「一切有我。」邢陌言拍拍顏末的頭。「聽明白了嗎？」

此時的顏末，眼睛都亮了。「大人的意思是，以後你是我的後盾，我做什麼，你都會罩著我，對嗎？」

「是妳說妳是我的人。」邢陌言扯了扯顏末的頭髮。「既然死皮賴臉要成為我的人，我自然會罩著妳。」

顏末扯出自己的頭髮，感覺臉上有些微微發熱，嘴裡嘀咕道：「大人你不要搞歧義啊，這話聽起來怎麼那麼彆扭。」

邢陌言勾唇笑了下，並未回答什麼。

「對了，大人，既然春宴已經結束，那我們接下來可以將精力都放在王春瑤這件案子上了。」顏末整理好心情，又覺得鬥志滿滿，心有所依，無所畏懼，她也是有人罩的人了，來什麼都不怕。

邢陌言抬頭看顏末。「我發現妳從一開始，就對王春瑤的事情很上心。」

顏末抿了抿唇。「有嗎？」

「為什麼？」邢陌言直接問道。「如果不是妳揪著這件事情不放，覺得王春瑤有什麼地方不對，那這就是家暴案，最後的結果，也無非是給石田一頓教訓，讓他以後對王春瑤好點。」

顏末沈默了下，才回答道：「因為某種直覺吧，我以前接觸過很多類似的案子，女人多是弱者，如果不能更細心、細緻，很多冤屈都會隱藏在暴力威脅之下，而往往女人奮起反抗的結果，是玉石俱焚，同歸於盡。

「所以我寧願揪著這件事情不放，因為怕粗心判斷失誤，導致悲劇發生。」

邢陌言眼裡映出顏末的身影，眸光柔和。

氣氛一時變得微妙，顏末覺得有些不自在。

她撓撓臉頰，伸手指著桌上的小藥瓶。「大人，要是沒有別的事，我就上藥了。」

那意思是，你可以走了。

邢陌言皺眉。「……」

顏末看了眼邢陌言，怎麼說呢，感覺此時邢陌言臉上的表情有些危險。

邢陌言胳膊撐在桌面上，手托著下巴，示意。「嗯，妳上藥吧。」

顏末眨眨眼，什麼意思？「大人，你不走嗎？」

「妳趕我走？」邢陌言挑眉看顏末，語氣中帶著質問的味道。

不是，我好歹是個女的，讓你走有什麼不對，你幹麼這種語氣?!

顏末氣悶，卻也不好意思說出來，怎麼說這藥也是人家拿來的。

反正是露小腿，夏天她還露過大腿呢。

顏末嘴角勾起一抹笑容，朝邢陌言笑道：「沒有趕大人走的意思，您愛待多久待多久。」

說完，顏末一轉身，腳踩住另一邊的凳子上，自顧自的捲起褲管，然後查看後腿的瘀痕，雖然瘀痕範圍不大，但泛著青紫的顏色，需要用力將裡面的瘀血揉開，才好得快。

「要不要我幫妳上藥？」

邢陌言的聲音突然響起，顏末嚇得差點把手中的小藥瓶丟掉。「大人，你確定？」

「妳使得上力嗎？」邢陌言看了眼顏末的腿，之後又移開目光。

顏末低頭看瘀痕的位置，她確實不好使力，冬天衣服穿得有些厚，彎腰挺費勁，衣服脫了會好點，但她總不能當著邢陌言的面脫衣服吧。

「給我吧。」邢陌言朝顏末伸手。「還有，妳轉過來。」
顏末下意識跟著做了，等反應過來，腿也被邢陌言撈起，踩在邢陌言膝蓋上。
「大人——」顏末覺得自己腳丫子都不敢使力，其實她剛才想說等邢陌言離開後，自己再多脫點衣服，到時候搽藥就方便了。「要不然……」
邢陌言抬頭看了顏末一眼。「別廢話。」
「哦。」顏末只好閉上嘴。
顏末放開雙手，眼睛就開始無處安放，最多是看著邢陌言給她揉腿，但看著看著，顏末發覺出不對來了。「大人，你為什麼不看我？」
邢陌言看向顏末。「我看妳了。」
顏末伸手指了指自己擱在邢陌言膝蓋上的腿。「我是說，大人你為什麼不看著我的腿給我揉，萬一揉錯位置了呢？」
邢陌言聞言，低頭看了眼，手掌動了動，細微調整了下，又抬起頭。「我看了。」
顏末盯著邢陌言看，突然扭開臉，噗哧一聲笑了出來。「大人，你該不會是不好意思吧。」
邢陌言微微一僵，瞪了顏末一眼。
顏末注意到，笑得更歡快了。「真的是不好意思啊？我不就露個小腿嘛，我都不怕看，你幹麼不好意思，在我們那，夏天都是露到大腿的，大人你要是到了我們那，上街的時候，眼神都不知道該往哪擺了吧。」

邢陌言皺起眉，盯著顏末不放。「妳夏天該不會也那樣吧？露大腿？」

顏末擺擺手。「那倒沒有，我每天工作那麼忙，穿那種熱褲不方便。」

雖然不明白熱褲為何，但邢陌言稍微放鬆了一點。

「不過不工作的時候，我更喜歡穿短裙上街去。」顏末笑咪咪的，還伸手往自己大腿部位比劃了一下。「到這裡哦。」

邢陌言用力一揉。「……」

「啊——」顏末痛呼一聲，看著自己的小腿，有些可憐道：「大人，你輕點。」

邢陌言冷笑一聲。「不用力，揉不開瘀血。」

話是這麼說，但邢陌言卻沒再用力。

不過邢陌言給她揉完腿離開的時候，顏末覺得邢陌言有些氣悶的樣子，因為被熏住了嗎？

哎呀，顏末捧臉，真叫人不好意思哦。

王春瑤的傷好得差不多，知道石田死了之後，也沒有太大的情緒波動，不過在休養的日子裡，精神一天比一天好了，而且還和豆芽、蒜苗、豌豆三個小朋友相處得不錯，看起來很喜歡三個小孩兒。

江月偷偷告訴過顏末，為了讓王春瑤能一直「接生意」，她喝過好多次避孕藥，打胎藥也喝過幾次，所以身體被敗壞了，可能再也懷不上孩子。

不過看王春瑤的態度，懷不懷孩子，對她而言都無所謂了，因為活著已經花費了所有的力氣。

但顏末對那幫人更加痛恨，每天和朱小谷往外跑，順著從千金樓打探出來的線索死磕到底，那千金樓的少東家絕對有問題！

千金樓的少東家叫方文，是方家的二公子，上頭有一個大哥，叫方武，如今方武在朝中禮部任職，而方文並沒有考取功名，而且說他是千金樓的少東家，其實屁事不管，就是掛個名而已。

相比起方武來，方文差得不是一星半點，用不學無術形容他足已。

千金樓賣的酒，在京城很有名氣，去買酒的，其中不乏達官顯貴，這些達官顯貴之間有很多關係網，有時候想聚在一起喝酒聊天，千金樓就是個不錯的選擇。

既然這些達官顯貴要在千金樓裡一擲千金，那往往錢統出面就不夠看了，所以方文會出面交涉，同時這也是和達官顯貴搞好關係的好時機，方文自然也不會錯過。

顏末和朱小谷這兩天跑進跑出，就是在調查方文都接觸過什麼人，結果這一調查發現，方文這個不學無術的二世祖，平時在千金樓內接觸的人還挺多。

書房內，之前用來整理案情的白板又被拿來用了。

顏末將方文的名字寫在中間，開始給邢陌言等人整理方文的關係網。

「我們可以將方文接觸過的人大致分成兩類，一類是有錢人，一類是有權人。」顏末在有錢人和有權人旁邊寫上了人數。「當然，現在方文接觸的還有另一類人，那就是石田，我們可以稱之為商業合夥人，但你們也看到了，和其他兩類人的人數相比，石田這個商業合夥人，很顯然是個例。」

鍾誠均點頭。「這樣看來，石田是特別的那個，所以方文的確有問題。」

「這個資料結果並不嚴謹，無法確定方文是否真的有問題，畢竟凡事要講究證據。」顏末搖搖頭。「但石田的死，和方文的關係占比在百分之六十以上……」

「等等。」陸鴻飛叫停。「何為百分之六十？」

「呃？」顏末撓撓頭，她又不小心說了一個現代詞，沒辦法，只好簡單解釋下。「打個比方，邢大人有十個雞蛋，被你搶走了三個，你佔據的就是邢大人雞蛋的十分之三。」

邢陌言聽了，挑了挑眉頭，哼笑一聲。

陸鴻飛抽抽嘴角。「我竟然有膽子搶陌言的雞蛋，我怎麼不知道。」

不過顏末這一解釋倒很簡單易懂，在場的都是聰明人，一聽就懂了。

第二十六章

顏末繼續往下說：「王春瑤提供了一些線索，那些……那些禽獸，年齡基本在五十歲上下，所以在有錢人和有權人這兩項裡，還可以先排除掉一部分人，當然，我們也不能肯定排除掉的這部分人完全沒有問題，因為這些人裡面，也可能是負責牽頭拉線的。」

說著，顏末又在有錢人和有權人旁邊寫出兩個數字，排除掉年齡不符合的，方文接觸這些有錢人和有權人的數字一下子降低了很多。

邢陌言問：「那留下的這部分人，妳查到哪裡了？」

顏末和朱小谷對視一眼，兩人拿出了一份名單。「我們把這些人的身分都查清楚了……這裡面絕大多數都是有頭有臉的人物。」

「嗯，這很正常。」邢陌言一邊翻看名單，一邊嗤笑出聲。「有頭有臉的人，才會背地裡幹些見不得人的事情，不是嗎？」

顏末摸摸鼻子。「我還查了這些人的婚姻狀況。」

「有總結出什麼嗎？」邢陌言看向顏末。

顏末又拿出一張紙，上面密密麻麻寫滿了她的狗爬字，默默將紙遞給邢陌言。

邢陌言一看，腦瓜仁就疼，眼睛也疼。「看來練得還不夠。」

顏末無奈。她就說要完，以邢陌言的性格，她每天寫大字的任務量一定會增加！太悲慘了。

看不進去，邢陌言將紙往桌上一拍。「妳還是用說的吧。」

鍾誠均和朱小谷兩人捂著嘴偷笑，陸鴻飛也抿著嘴憋笑，好歹還想給顏末留點面子。

顏末撇撇嘴，開口。「這些人裡面，婚姻情況也可以分為兩類，一類是妻妾成群，一類是納妾較少的。我覺得，這些人裡面，最有問題的，應該是納妾較少的這些人，因此還能再排除掉一部分人。」

「為什麼要先排除掉妻妾成群那批人？」鍾誠均舉手提出疑問。「給自己找那麼多小老婆，可見人品敗壞。」

顏末噗哧一樂，給鍾誠均點了個讚。「你這個認知很好，很不錯，請繼續保持，我會跟月月誇你的。」

鍾誠均白了顏末一眼。「用得著你跟月月誇我嗎，能管屁用。」

顏末哼了一聲，鄙視的看著鍾誠均，你對姊妹之間點評男朋友的好處一無所知。

這邊邢陌言伸手敲敲桌子。「別廢話了。」

顏末吐吐舌頭，繼續開口。「王春瑤曾經告訴我們，那些欺辱她的人，除了上了年紀之外，還有一個特點，那就是大多不行，男人不行，應該有好幾種情況，不是不持久，就是早洩，還有短……」

「咳咳！」邢陌言用力咳了一聲，瞪了顏末一眼。「妳怎麼什麼話都往外說？」

顏末還有些納悶。「大人，你不是讓我繼續解釋嗎？」

邢陌言扶額無語，心裡第一次產生了一個疑問，這位到底是不是女人？

「那個，小顏末，大家都是男人，你提點下，我們就都懂了。」陸鴻飛提示道，以為邢陌言不想聽這些粗俗的字眼。

顏末點點頭，看了邢陌言一眼，嘀咕道：「我就是習慣把事情都說清楚點。」

邢陌言心累，揮手。「繼續。」

「好嘞。」顏末笑著繼續點點頭。「這些人……咳，你們也知道或多或少都有些生理上的問題，事關男性尊嚴，這些人在這方面肯定很敏感，男人嘛，不管多少歲，最看重的就是面子，一個男人不行，是最丟面子的事情，那麼請問在座的各位，當你不行的時候，你還願意找女人嗎？」

在座的各位男士都默默扭開臉，拒絕回答。

不行還找女人，這不把自己臉面送上去給人踩嗎？

鍾誠均摸著下巴。「那也不對啊，照你這麼說，既然不願意找女人，那王春瑤又是怎麼……」

「嘖嘖，不行不代表不想。」顏末露出嫌惡的表情。「往往不行就非要證明自己行，男人都是下半身思考的動物，性這件事，不可能根除，出家當和尚也不能，而且你們別忘了，王春瑤被欺辱的時候，一直戴著眼罩，那些人既能一逞獸慾，又能保全自己的臉面，何樂不為呢。」

鍾誠均抱著手臂不滿道：「分析得很有道理，但你這是把我們都罵進去了啊。」

「我說的是事實。」顏末攤手。「當然這世界上好男人也多，區別就在於有些人能控制住自己的慾望，有些人卻被慾望支配。」

「就比如我，我就是好男人。」鍾誠均大言不慚道，還伸手指了指自己。

邢陌言垂眸不知道在想些什麼，之後，臉上略帶嫌棄，拿起顏末之前遞過來的那張紙，將上面的人名快速掠一遍，開口道：「這上面的人，有一部分和方武有點關係。」

顏末微微一愣，隨即立刻想到了什麼，一拍手。「我就說哪裡奇怪來著！方文就是個二世祖，他冒著風險做這些事情，能有什麼好處，這些人非富即貴，與之交易，自然能得到非凡的利益，但這樣看來，方文就有些不夠格了，但方武在朝為官，利益牽扯更多更大，所以方武也有可能參與其中對嗎？」

邢陌言點點桌上的紙。「不僅可能參與其中，還有可能是主導地位。」

鍾誠均一撇嘴。「簡直就像青樓裡的老鴇。」

「鍾大人，你見過老鴇什麼樣子沒？」顏末好奇問道。

「我當然……」鍾誠均拉長聲音，吊著眼睛，瞧了眼顏末，哼道：「你小子是不是沒安好心？」

顏末一攤手，無辜道：「我就問問。對了，你當然什麼？當然見過嗎？」

「當然是沒見過！」鍾誠均氣道。「那種地方我怎麼會去，月月還不殺了我。」

顏末點頭，算你有自知之明。

事情梳理到這裡，沒想到牽扯出來更多的人，這些人組成了一個龐大的關係網，內裡錯綜複雜，想要一網打盡，必須找到足夠的證據，不然他們將要面臨的困難阻撓會更多。

顏末本想再去調查找證據，但卻被邢陌言按住了。「接下來查的事情更隱私避諱，你不容易接觸得到。」

「那怎麼辦？」顏末皺眉問道。

邢陌言勾唇，輕拍顏末腦袋。「給妳個差事，去把姚琪抓起來，押進大理寺。」

顏末吃驚的看著邢陌言。「姚琪？他犯了什麼罪？」

邢陌言從懷裡掏出一本薄薄的小冊子，扔給顏末。「這裡面隨便挑幾個，足夠打斷他一條腿了。」

顏末奇怪道：「為什麼要打斷他一條腿？」

邢陌言頓了頓，瞥了眼顏末小腿，然後問道：「那打斷他兩條腿。」

顏末一驚。「……」

顏末翻開邢陌言扔給她的小冊子，越看越心驚。「這裡面的內容……大人，你是什麼時候開始收集的？」

邢陌言回道：「近期而已。」

顏末滿臉疑惑，這裡面可都是能讓姚琪傷筋動骨的罪狀，近期能收集到這麼多？而且邢陌言什麼時候有動作的，她怎麼沒看到？

「好了，還不快去抓人？」邢陌言伸手敲敲顏末的腦袋。「妳不去的話，我讓別人去了。」

「我去。」顏末立即收好小冊子。「我這就去。」

國子監那件案子發生的時候，顏末只知道姚琪仗著身分，在國子監裡作威作福，以欺辱人為樂，但沒想到姚琪在國子監之外，也沒有收斂自己的行為。

人面獸心、專橫跋扈都不足以形容他犯下的事情。

顏末帶著衙役找到姚琪的時候，他正在百花樓尋歡作樂，身邊還有兩個狐朋狗友，巧了，正好是國子監案子裡，因為品行不當，被逐出國子監的那兩位。

「呦，這不是邢陌言身邊的走狗嗎？」姚琪左擁右抱，摟著百花樓裡兩個姑娘，看著顏末的樣子特別欠揍。「你來這裡幹什麼，也找姑娘？就你這小身板，那地方應該也不大吧，吃得消嗎？這要是淪為笑柄，可就丟人了。」

姚琪旁邊那兩個本來就看顏末不順眼，等姚琪說完，笑得要多大聲有多大聲，從男人的角度毫不留情的嘲笑顏末，就連旁邊幾個百花樓的姑娘都捂著帕子直笑。

其中一個還說道：「要不要我幫你宣傳宣傳，說不定有人就喜歡小的呢。」

這要是真男人，沒有不上火的。

可惜顏末並不是真男人，什麼小的、大的，她根本就沒有，這要是說上面的大小，她還能被激起一點火氣，給他們一頓胖揍。

幾個人笑了半天，當事人卻一點反應都沒有，還抱著手臂一臉不耐煩的看著他們，彷彿在看三個傻子一樣……越來越笑不下去，尷尬之餘，還陡然升起了火氣。

「笑完了？」顏末抱著手臂看姚琪。「那我就說正事了，請姚公子跟我走一趟大理寺吧。」

姚琪緊緊皺起眉。「走一趟大理寺？憑什麼？我犯了什麼事？」

「那可多了，一時半會兒說不清楚。」顏末冷哼，一點好臉色也不給姚琪。「姚公子跟我去大理寺就知道了，苦主可都在呢。」

「呵，你算什麼東西，不過是邢陌言身邊的一條狗罷了，竟有膽子叫我跟你走？」姚琪沈下臉，吊著眼睛看顏末，一點移動的意思都沒有。

其他兩位也跟著幫腔，全然不把顏末放在眼裡，言語之間全是鄙視和瞧不起。

顏末不怒反笑。「姚公子這是拒不配合了？」

姚琪梗著脖子。「是又怎樣？」

「很好。」顏末笑得越發燦爛，開始給兩手鬆指關節。「大理寺辦案拒不配合，那我只能不客氣了。」

老娘想打你已經很久了！

「你想怎麼不客……」話還沒說完，姚琪就眼前一黑，隨即眼眶一痛，他整個人都懵了。

不僅姚琪懵逼，旁邊兩個和百花樓的姑娘也沒反應過來。

趁你病，要你命，顏末可不奉行君子之道，她又不是男人，沒聽說過唯女子與小人難養也嗎，所以在姚琪沒反應過來的時候，顏末下手一點不慢，又補了好幾拳。

尖叫聲和怒斥聲四起，顏末把百花樓的姑娘都趕了出去，又把姚琪旁邊兩個也不客氣的揍了一頓。

最後提起姚琪，晃了晃。「姚公子，這次願意跟我去大理寺了嗎？」

姚琪腫著臉，說話都費勁。「你……你特麼……」

「嗯？」顏末瞇起眼，舉起拳頭。

姚琪肉眼可見的瑟縮了一下，但還是強撐著威脅道：「你……你就不怕我爺爺找你麻煩?!」

顏末笑了。「首先，我一開始規規矩矩請你去大理寺，你不去，相當於拘捕加妨礙辦案，我沒辦法才出此下策緝拿你，其次……」顏末冷下臉。「姚公子還是先擔心擔心自己吧，你自己做的那些禽獸事，以為沒人知道？都斷乾淨了嗎，還在這裡尋歡作樂，不怕冤魂來找你索命？」

姚琪瞪大眼。「你在胡說……胡說八道什麼……」

「我是不是胡說八道，大理寺自然會查清楚。」顏末冷哼一聲，將姚琪扔給衙役。「綁起來帶走！」

其他兩個人還在地上哀嚎，顏末腳步頓了頓，指著這兩個。「妨礙大理寺辦案，也帶走。」

等顏末將三人帶回大理寺的時候，這三個都跟鵪鶉似的，什麼話也不敢說了，但根本也是敢怒不敢言，顏末都看在眼裡，心想，就是教訓得還不夠。

不過三人的慘狀，引起了邢陌言等人的圍觀。

鍾誠均嘖嘖兩聲。「小顏末，你膽子挺大啊。」

顏末看向邢陌言，發現邢陌言只是笑了笑，並沒有其他表情，於是理也直，氣也壯。

「鍾大人別亂說啊，我也是秉公辦事，給他們機會配合了，誰讓他們不願意，而且我可是有證人的。」

第二十七章

陸鴻飛嘆口氣，無奈朝顏末擺擺手。「帶人去審問吧。」

顏末點點頭，看向邢陌言。「大人，能幫我準備一間只有桌椅的房間嗎？」

邢陌言聞言挑眉。「我記得妳審問馮沙和黃婭的時候，也是這樣要求的，這樣的佈置有什麼作用嗎？」

顏末眨眨眼。「大人可以在一旁看著，也許等我審問完，你就知道了。」

「也好。」邢陌言勾起嘴角，點點頭。

現代刑訊是有講究的，刑訊室裡除了一扇門，四面都是牆壁，中間一張桌子兩把椅子，椅子的構造也有講究，讓人不得不挺直腰板坐著，一旦刑訊時間長了，這樣坐下去，勢必會非常難受，難受卻無法放鬆，人就容易暴躁，暴躁的人就容易出破綻。

刑訊室裡沒有其他雜的東西，桌上只有一個檯燈，燈光照在被刑訊人的臉上，一絲一毫的表情都無從遮掩，而對面那人的表情卻隱藏在陰影下面，看不清楚，有時甚至只能聽到聲音，會讓人生出孤立無援的感覺，進而讓人的心理不可避免的產生脆弱感，想要逃離這種現狀。

在這樣的環境氛圍下，很容易突破一個人的心理防線。

當然，犯罪的人，尤其是犯罪等級高的人，往往心理素質也十分強大，有時候這樣的環境氛圍還不足以突破對方的心理防線，而這個時候，就需要刑訊人員採取手段。

刑訊問話也有很多講究，一個問題反覆問，讓對方重覆回答，從中能發現很多蛛絲馬跡，在這樣的問話下，如果說謊，很容易出現破綻，只要產生一絲不耐煩，回答就可能會出現漏洞。

如果不願意回答，也有很多問話手段，刑訊人員最不怕跟人比的就是耐心。

現代還有時間限制，二十四小時之內問不出話，就要放人，但大理寺卻沒有這個時間限制。

姚琪坐在硬邦邦的椅子上，沒有椅墊，屁股底下有些冰涼，桌子上只有一根蠟燭，周圍昏昏暗暗，看不清楚，邢陌言坐在旁邊的陰影處，默不作聲，他對面則坐著顏末，此時正翻看一本小冊子。

等了許久，顏末都未曾開口，姚琪很有些不耐煩。

他被教訓了一頓，心中恨極了顏末，而這裡是大理寺，是邢陌言的地盤，加上邢陌言本尊還在這裡，所以姚琪一直捺著性子，告誡自己要忍住，事實上，他也不敢做什麼。

但在這麼個黑暗的地方，坐也坐得不舒服，還被當空氣，也不知道自己即將面對什麼狀況，等了許久，也沒人說話，姚琪實在堅持不住了。

「你們到底要幹什麼?!」聲音一開口就非常暴躁，姚琪額角青筋都暴起來了。「我可是……」

不等姚琪放狠話，顏末立即打斷對方，開口報了幾個名字，然後問道：「姚公子覺得耳熟嗎？」

姚琪不耐煩。「耳熟又如何？和我有什麼關係？」

「沒關係嗎？」顏末又說了一遍剛才的名字，再問：「姚公子覺得耳熟嗎？她們和你是什麼關係？你認識她們嗎？」

姚琪暴躁的看著顏末。「你到底想幹什麼？」

「姚公子，請回答我的問題。」顏末沈著的聲音，再次將剛才的問題問了一遍。

這種一而再、再而三的問話，顯然讓姚琪變得更加暴躁不耐煩。「我是認識她們，又怎麼樣？不過是一群賤民罷了，怎麼著，她們來報案了？錢貨兩清的事情，就算她們來報案，你們也奈何不了我！」

姚琪語速頗快的說了這些話，看樣子，被顏末這一通逼問弄得有些崩。

邢陌言坐在角落饒有興趣的看著，從他的角度，可以清楚的看到姚琪臉上的表情，也能看到顏末臉上的表情，與姚琪臉上暴躁的表情相比，顏末表情一直沒有變化，甚至語調都沒有絲毫變化，平淡得讓人抓狂，這不，姚琪都快抓狂了。

古代刑訊有不少手段，但很多都是刑訊逼供之類的，樣式層出不窮，可也會造成很多屈打成招的冤案，這是邢陌言最厭惡的事情，所以他在審問嫌犯之前，都會事先詳細調查清楚，以免出現冤假錯案。

但這並不是萬全之策，因為調查出來的結果也可能是假的，而且也會有調查不出任何線索的時候。

最好的辦法，是從嫌犯口中查找線索，抽絲剝繭，但必須要排除嫌犯被屈打成招的可能，也要排除嫌犯撒謊的可能，那究竟如何才能不讓嫌犯屈打成招，又讓嫌犯說真話呢？

邢陌言從顏末這裡找到了答案和方法，他看著顏末的視線，彷彿在看一個寶藏，而這個寶藏才初露端倪，等待挖掘。

從一開始，顏末就先營造了一個沈悶的氛圍，在姚琪趨於不安和暴躁的時候，打斷他威脅出口的話，也破壞掉姚琪要給自己找的安全感，掌握了絕對的主動權。

之後連番逼問，問話不斷累積增加，逐步逼近打破姚琪的心理防線，讓他格外想要逃脫這樣的困境，就只能不受控制的說出心裡話，那飛快的語速就是最好的證明。

接下來，顏末就名單上的人名，一個個問姚琪，逼問的語速也越來越快、越來越尖銳。

姚琪不僅額頭冒了汗，臉上也淌下汗水來。

姚琪這些年來，不僅在國子監以欺辱平民監生為樂，在外還欺辱良家婦女，但對他而言，恐怕那只是錢貨兩清的交易罷了，一手交錢，一手交人，玩夠了就把人丟回去。

能考上國子監的平民，哪一位不是有真才實學，和他們這些靠關係進去的公子哥可不一樣，姚琪口口聲聲說那些人都是賤民，但這些賤民一個比一個清高，看他們的目光，隱隱帶著不屑和鄙夷。

當然也有在他們面前趨炎附勢的平民監生，但那有什麼意思，姚琪要的，是將那些看不起他們的賤民踩在腳底下，這些人憑什麼看不起他們，不就比他們有學問嗎，除了有學問，還有什麼？

姚琪要讓這些假清高的才子們看看，錢和權勢才是真理，他就算欺辱他們又如何，還不是只能忍著，看著這些人屈辱卻無可奈何的表情，讓姚琪心裡異常滿足。

在外尋歡作樂也是如此，百花樓的姑娘們，只要給錢就能玩到手，但哪有什麼征服的快感？去找那些姿容不錯的良家女，壓在身下的滋味，那才叫人回味。

顏末手裡小冊子中，都是被姚琪玷污過的姑娘，這些人裡面，有的是被家人賣了的，有的是被強權壓頭，求助無門，有的是威逼利誘……在姚琪玩過之後，她們的命運也都以悲慘收場，想開的，出家做了尼姑；想不開的，自殺了。

儘管大瀚朝民風開放，但對待女子的清白仍舊苛刻，姚琪玩過之後，並不給這些女子名分，所以這些女子大多以自殺收場。

雖然姚琪沒有親自犯下殺人案，但這些自殺的女子，都與姚琪脫不了干係。

「你不是說這是錢貨兩清的交易嗎？為什麼這些女子最後都會自殺？可見她們並不是自願的，那麼那些錢，你給誰？你從哪些人手裡找來這些女子的？」顏末一拍桌子，驚得姚琪一跳。「還是說有人給你牽頭搭線?!」

姚琪鐵青著臉色。「她們死不死關我什麼事，是她們自己願意自殺的，和我……」

「那些女孩沒回來找過你嗎？」顏末突然壓低聲音道。「我怎麼覺得你背後站了好多人。」

姚琪驀地瞪大眼睛，脖子都僵硬了，色厲內荏的大聲喊道：「你不要亂說！告訴你，你不用嚇唬我，少爺我沒做過虧心事！那都是我花錢找來的女人，我為什麼不能享受?!」

顏末冷眼看著姚琪，眼裡一絲溫度都沒有。「花錢？你去什麼地方花的錢？你給誰錢了？誰給你找的女人？」

「那是他們父母願意賣女兒給我，怎麼，這你也管?!」姚琪聲音微微顫抖，竭力讓自己鎮定下來。「那你找錯人了，你該找那些賣女兒的人……」

顏末又是一拍桌子，厲聲道：「你怎麼知道對方要賣女兒？你一個大少爺成天去國子監讀書，還有時間打聽有人要賣女兒？而且這裡面可有不願意賣女兒的人，為什麼最後也與你做了交易？姚公子，勸你想清楚再回答，這一樁樁、一件件事情，我們可都調查清楚了。」

像是在下最後通牒一樣，姚琪已經被堵到無路可走，崩潰叫道：「自然是有管道，我們只管享受就是了，難道還要親自跟那些賤民做交易不成?!有錢什麼事情辦不到，反正到最後沒有一個強迫的，她們都是自願的！自願的！」

說完，姚琪呼哧帶喘，目光有些呆滯，還有些回不過神來。

顏末也不問了，坐在椅子上不說話，就那樣看著姚琪，等他反應過來。

姚琪反應過來的時候，臉色立即變了，終於發現自己說了什麼不得了的事情。

顏末就等這一刻呢，立即伸手敲桌子，吸引姚琪的注意力，以免他去想什麼搪塞的藉口，然後揪著姚琪之前說的話，這回不再咄咄逼人，反而語氣放緩，像是勸解安撫一樣。

「姚公子，你知道有一句話叫光腳的不怕穿鞋的，雖然這些女子都是自殺，但卻因你而死，其中有些父母並不想做這個交易，他們的女兒死了，你說，如果他們能有機會報仇，會不會拚盡所有？」

姚琪喉結連番滾動，聲音乾澀。「你……你什麼意思？」

「姚公子應該知道，如果這件事鬧大，對你沒有任何好處，你前段日子才出了國子監那件事，如果再攤上這件事，恐怕……」顏末的話像是在蠱惑一樣，輕柔的飄進姚琪心裡。

「我聽你剛才說，這交易是有人幫你做的，有人給你提供了管道……」

姚琪的臉色變來變去，眼珠子也一直在轉，被顏末這一番話提醒，此時他腦海裡已經開始做激烈鬥爭。

「看來姚公子是想要一力承擔責任了。」顏末點點頭。「正好，苦主找來，我們直接告訴他們，姚公子……」

「等等！」

顏末和邢陌言從房間裡走出來，姚琪精神萎靡，被關押進大理寺牢房裡。

「大人，姚琪已經把方武招供出來了，方武就是給姚琪牽頭搭線的那個人，但這條線和王春瑤那條線並不能搭上，如果不能順著這條線找到證據，那我們還是奈何不了方武和姚琪。」

邢陌言勾唇笑了笑。「姚琪被妳抓走，姚正業這時候也差不多該知道了。」

顏末有些緊張。「那他會不會找過來？」

「不會。」邢陌言搖頭。「姚琪什麼德行，姚正業心裡清楚得很，所以他不可能找過來，那豈不是將把柄直接送到我手裡了嗎？不過姚正業很疼愛姚琪，不能找過來，就肯定會找其他方法。」

「但他怎麼找？他在此之前，肯定要先打聽姚琪是什麼原因被抓進大理寺，然後才能對症下藥吧。」顏末開口道。

邢陌言點頭。「這是當然。所以這時候，我們正好可以幫姚正業一把。」

第二十八章

「大人，你要幹什麼？」

「讓誠均去抓方武，越大張旗鼓越好。」邢陌言拍拍顏未的肩膀。「妳說這時候，如果姚正業知道姚琪進大理寺，和方武有關係，而方武也被抓進了大理寺，他會做什麼？」

顏末皺眉思索。「姚正業的妻子可是方家出來的，姚正業要救姚琪，也不可能讓方武頂包，不然方氏肯定要鬧，姚琪這檔事，鬧大就是身敗名裂，方武也是如此，而且，一旦我們能從方武嘴裡逼問出什麼……」

「沒錯，姚正業不擔心姚琪會丟了性命，但方武被抓進來，如果真讓我們從方武嘴裡發現什麼……」邢陌言哼笑一聲。「那我們缺的就是證據了。」

顏末一拳頭拍自己手心上。「是了！這個時候，如果姚正業擔心的話，肯定會讓人把證據藏起來，那我們就算問出什麼來，沒有證據，也於事無補，大人，你這招是要打草驚蛇？但關鍵是，我們怎麼監視姚正業呢？」

邢陌言揮揮手。「不用擔心，我有辦法，自然會有人監視姚正業，等著就行了。」

顏末瞇了瞇眼。「就跟大人收集姚琪犯的事一樣嗎？能這麼快將姚琪做過的事情搜集出來，大人手底下是不是還有一批人？」

邢陌言頓住，偏頭看顏末，臉上難得出現一絲詫異，隨即他笑了起來，伸手一拍顏末腦袋。「如果妳覺得有，那就找找看？」說完就轉身走了，到最後也沒正面回答顏末的問題。

因為姚琪的供詞，鍾誠均帶人將方武抓了回來，動靜還鬧得有些大，現在坊間都在傳方武和姚琪的事情，傳得沸沸揚揚，連皇上都聽說了這件事，發了好大一頓脾氣，下旨讓邢陌言好好查。

顏末總覺得皇上這旨意下得很是時候，像是在幫邢陌言一樣，現在姚正業想要去皇上面前求情，恐怕也不行了，光明正大的路被堵死了，就只剩下一條路了。

方武長得倒是人模狗樣，相貌甚至還有些周正，斯斯文文的，被抓來的時候，還算鎮定，但顏末卻從他眼裡看出了些許的慌亂，方武不清楚姚琪都說了些什麼、說到了哪份上，心裡沒底。

沒底就好詐人。

一上來，顏末就跟方武說，姚琪什麼都交代了，讓方武坦白從寬，抗拒從嚴。

邢陌言盤算著這句話，不由點頭，總結精闢。

方武起先還滿滿都是戒備，但一開局就被顏末打亂了思緒，一通問話下來，額頭也冒出了汗，他哪裡見過這種陣仗，還以為自己咬死不說，就會被關進大牢，誰想到在一個黑暗的屋子裡耗這麼久，人都快被問瘋了。

但方武的表現比姚琪強很多，心理素質更高，所以顏末問話，也花費了不少功夫，但也沒問出多少有用的資訊來。

這時候，邢陌言走上來，拍了拍顏末的肩膀，示意——我來。

顏末微微一愣，隨即點頭，讓邢陌言坐在自己位置上，自己則跑到邢陌言位置上坐好。

邢陌言往方武對面一坐，就托著下巴，盯著方武不說話，彷彿在思索著什麼。

與顏末不同，邢陌言身材高大，不苟言笑的時候分外嚴肅，氣質冷冽，那雙眼睛好像能看透人心，讓方武不自覺的想要躲避邢陌言的視線。

但他又有些得意，因為剛才顏末一通問話，也沒問出什麼來，讓方武覺得這也不過如此，只要他夠堅持，就能等到別人來救自己。

可邢陌言不是一般人，不僅盯著方武打量，還伸手有節奏的敲桌子，一聲一聲，那響動像是敲在方武心頭上，讓方武莫名煩躁起來。

最終，方武耐性不足，率先開口。「邢大人想要問什麼？剛才那位大人已經問了很多，我能答的都答了。」

「嗯，你隨便說點什麼都行，反正我們也不在乎你說什麼。」邢陌言慢條斯理道，好似一點不急。

方武皺眉。「邢大人這是何意。」

邢陌言又不說話了，繼續伸手敲桌子，好似無聊至極。

顏末坐在角落摸下巴，眼睛微微發亮，有些猜測到邢陌言這樣做的目的是什麼，他們抓方武過來，是為了打草驚蛇，但如果能從方武嘴裡問出什麼有用的東西，那再好不過。

不過方武的確比姚琪要難纏很多，這人心眼不少，顏末剛才問了許久，雖然方武明顯有些慌亂，但回答仍舊模稜兩可，沒有太多破綻。

詐是詐出來一點東西，比如姚琪已經供出方武是他的牽線人，方武則說自己也是拿錢辦事，錢貨兩清，你情我願，說辭和姚琪一模一樣，不過找的理由比姚琪高明多了。

百花樓背後的主人竟然是方武，姚琪知道這件事，在百花樓玩膩了，想要嘗點兒不一樣的，所以才拜託方武去找，方武說自己不敢做強買強賣的生意，索性他有管道，於是給姚琪找人之前，都會讓人事先溝通好，這其中他沒有親自出面過，出現這些意外，那也都是手底下的人辦事不力。

幾句話，方武就把自己擺在受害者的位置上，還說回去之後會好好查查都是哪些人辦的這些事，竟然惹出這麼些亂子，他一定把這些人綁過來治罪。

這種扔黑鍋的舉動，顏末再熟悉不過，三言兩語給方武打發回去了，但之後方武說什麼都在給別人背黑鍋，把自己摘得一乾二淨。

方武可能覺得顏末迫切想要從他嘴裡套出線索，但顏末其實並不那麼著急，她等著邢陌言找到證據，到時候再將證據扔到方武眼前，就不信方武還是這套說辭。

不過剛才邢陌言那句話，直接表明了他們不著急的態度，而且說完就繼續沈默，明明白白展示著，我們在拖延時間，你隨便說點什麼就是了。

顏末聽邢陌言說完，心裡忍不住給邢陌言點了個讚，方武這下肯定是慌了。

有時候詐人，說假話是詐人，說真話也是詐人，顏末用的是假話，這回輪到邢陌言用真話詐人了。

他們就是在拖延時間，明明白白告訴方武又如何，方武在大理寺也什麼都做不了，只能乾著急。

而且知道真相之後，也不僅是乾著急的問題了，方武的心裡估計更慌，就指著邢陌言再多說點話，他好從中發現點什麼，而這個時候，誰先開口，誰就落了下風，要被牽著鼻子走。

「邢大人，我該說的也都說了，這……」方武看著邢陌言，試探道。「邢大人還想讓我說什麼？」

邢陌言勾起嘴角，似笑非笑。「想說什麼說什麼，能說什麼說什麼。」

方武苦笑。「我還能說什麼，邢大人莫要開玩笑，不如大人把我放回去，我去將那幾個辦事不力的人找來，再送交給大人，還有那些想要伸冤的人，他們需要什麼賠償，我一定不會推辭，說到底也是我監管不力，才出了這些事情。」

顏末聽著，覺得方武也不傻，這是引著邢陌言說點什麼。

但邢陌言並不搭腔方武說的這些話，反而問道：「方大人缺錢嗎？」
方武一愣，微微皺起眉。
邢陌言卻不等方武回答，自己點了點頭，說道：「也對，禮部清閒，俸祿也少，方大人應該缺錢吧，不過方大人給姚琪辦事，怎麼沒收錢，還自己倒貼錢？」
「我……」
「方大人恨姚琪嗎？雖說是你沾親帶故的晚輩，但為了自己，卻把你賣了個乾淨。」邢陌言嗤笑一聲，搖搖頭。「方大人好歹有官職在身，可我看姚琪根本沒把你放在眼裡，該出賣的時候，一點都不手軟。」
一番話下來，方武臉色徹底難看起來。
這話聽著，就好像他方武腆著臉倒貼姚琪，結果姚琪卻看不上他，明明他方武還是姚琪的長輩，還有官職在身，甚至幫姚琪辦了這麼多事，可姚琪卻絲毫不顧及他，堪稱自私自利的小人，可他方武也跟被人隨便踹開的狗一樣，如何讓方武不氣不憤怒？
「這……姚琪說到底還是年齡小，我能理解……」方武鐵青著臉，還要保持微笑回答。
「他做事是有那麼些不可靠，相信經過這次的事情，也能長點教訓。」
顏末撇撇嘴，能理解個鬼，看這臉色，估計心裡把姚琪恨得要死吧。
邢陌言笑了一聲。「既然方大人也知道姚琪做事不可靠，為何還要縱著？對了，除了姚琪，還有其他人吧，不然方大人怎麼掙錢？」

方武臉色變了變。「邢大人說笑了，我掙錢幹什麼，而且哪有什麼其他人……」

「哦？那方大人就是無償為姚琪服務了？」邢陌言搖搖頭。「看來方大人很厭惡姚琪啊，甚至到了想毀掉姚琪的地步……我聽聞方老夫人挺喜歡你，一聽說大理寺抓了你，急得跟什麼似的，說看姚琪的時候，還要來看看你，還讓我們大理寺好好照看你和姚琪。」

顏末捂著嘴偷笑，就見隨著邢陌言的話，方武的臉色越來越難看了。

邢陌言嘖嘖兩聲，語氣頗為嘆息。「方大人這事情做得太不地道了，如此縱容姚琪，無異於捧殺，如果方老夫人知道了，那得多寒心。」

顏末很快理清了邢陌言這話的目的，忍不住在心裡給邢陌言鼓掌，如今方武倚仗的是什麼，不是方家，而是方老夫人背後的姚家，而經由邢陌言這麼一說，好像方武要害了姚琪似的，那如果被方老夫人知道了，他就別想輕易從大理寺出去了。

這是赤裸裸的威脅，但卻異常有用。

方武明顯有些坐不住。「邢大人……邢大人開什麼玩笑，我和姚琪無冤無仇，為何要害他。」

「千金樓、百花樓，你們方家的產業不少，掙得也多，但這其中一半的錢財，恐怕都入不了你們的口袋吧。」邢陌言似笑非笑的看著方武。「所以我才說，方大人缺錢啊。」

方武明顯瞳孔一震，大概沒想到邢陌言連這個都查了出來。

邢陌言繼續開口道：「你說，如果你被定了罪，那千金樓和百花樓最後給誰？哦，瞧我都忘了，千金樓的少東家不是你，是方文才對，那百花樓最後也應該會給方文吧。」

顏末暗地裡搖頭，又在詐方武了，他們已經查出方文可能就是個幌子，千金樓真正的少東家，實際上也是方武才對，如果方武真的在大理寺被定罪，那麼千金樓和百花樓，甚至其他產業，最後可能被姚家收了去，到時候方武可真是為他人做了嫁衣，虧死了。

邢陌言這話的意思，無非是在給方武挖坑，暗示方武可能會成為棄子，但他又沒說假話，因為有心引導的話，方武真有可能成為棄子。

於是方武果真慌了。「這不可能，他們不敢動我，我手裡有……」

話說到這裡，方武立即閉上了嘴，臉色猛變，顯然意識到了自己說了什麼不該說的話，他不敢再說下去，但神色仍舊疑神疑鬼，慌裡慌張。

顏末哼笑一聲。「沒什麼敢不敢的，把你手裡的東西占為己有不就行了。」

壓死駱駝的往往是最後一根稻草，方武面皮一抖，臉色更加難看了。

坑挖到這裡就差不多了，留點餘地讓人發揮想像才好，邢陌言朝顏末招招手，帶著顏末離開了房間。

懷疑的種子一旦種下，自會有人不由自主想要澆水，等找到證據之後，一切好說。

方武要想保全自己，就要看他敢不敢破釜沈舟了。

第二十九章

找證據的事情由邢陌言操心，顏末只等著就行了，但也陸陸續續聽到一些風聲，好像有什麼暗地裡騷動了起來，朱小谷接連幾日不見人影，也不知道幹什麼去了，姚琪雖然沒犯下殺人案，但也被施加了刑罰，雙腿被打斷，還得被關一段日子。

而且姚琪的名聲是徹底毀了，從被關到大理寺以來，各種他的負面消息層出不窮，傳得沸沸揚揚，等方武也入了大理寺後，連帶著姚家和方家都受到了不少影響。

百花樓被查封，千金樓也逐漸無人踏足，去的人越來越少，但這還沒到了傷筋動骨的地步，只要方武能出來，等風頭過去，自然還能再經營起來。

不過恐怕不可能了。

因為邢陌言終於拿到了證據。

「姚正業那老狐狸也忒能忍，那麼多消息都散出去了，他還能忍到現在才動手。」朱小谷嘖嘖兩聲。「不過跟我比耐性，他還差了點，不還是讓我順藤摸了瓜。」

顏末瞅了眼朱小谷，摸下巴，然後湊到邢陌言身邊，想去看那份證據。

她知道有證據，但不知道這證據到底是什麼，所以此時有些好奇。

邢陌言見顏末湊過來，就把手裡的冊子遞了過去。

顏末拿過來一看，翻了幾頁，驚訝道：「都是人名？」

邢陌言點頭。「是名冊，也是帳本，這些人裡面，有很多在朝為官的人，還有很多富商，其中一部分人，和妳調查篩選出來的那份名單重合了。」

顏末精神一振。「所以我們調查的方向沒錯！」

千金樓和百花樓是做生意的地方，明面做正經生意，背地裡都做些見不得人的生意，這份名單上的人，都是和方武有往來的人，其中不僅有交易金錢，還有以利換利，方武既是受益者，也是中間人。

有的人不行，有的人想要嘗鮮，於是方武就想出了這麼一招掙錢的法子，找人買良家婦女回來，一方面為想保留男性尊嚴的人提供服務，另一方面，就是服務於姚琪這類想要嘗鮮的人。

千金樓和百花樓內裡藏污納垢，都是為見不得光的骯髒事兒做遮掩，但買賣女人這種事情畢竟違反律法，一個處理不好就會把自己搭進去，所以需要找人做靠山。

方武除了自己受益掙錢外，也透過這種行當幫人牽頭搭線，一方提供掩護，一方提供錢財，而方武作為中間人，也能賺到不少。

姚琪大概都不知道，姚正業也參與其中，不過他不是為了女人，而是為了方武手裡那些人脈資源。

本來一切好好的，沒有節外生枝，但還是出了變數，這變數就是石田。

男人不行，不代表沒有需求，這世上，最難預料的就是感情。

石田算是個例，其他人都是年老了身體功能退化，石田是自己本身功能出現障礙，所以一群禽獸中，出了一個身強力壯的。

王春瑤也算幸運，她碰到了石田。

和石田在那什麼的過程中，王春瑤發現了石田的特別，他並不年老，說話做事與其他人不同，所以王春瑤有意引導對方。

漸漸地，石田便生出了想將王春瑤買回去的念頭，他說到底有些大男人主義，加上王春瑤長得不賴，而且對他異常柔順，還不會因為他的狀況而出現什麼異樣的表情，所以石田這個念頭便越來越強烈。

等王春瑤一和他哭訴，石田就更不想讓別人也碰王春瑤了。

經過幾番波折，石田最終把王春瑤買了回去，但想起王春瑤被人糟踐過，石田也不是心中沒有芥蒂，而王春瑤也不是對石田真的死心塌地，說到底，這兩人之間對彼此的情感頗為複雜。

你說石田對王春瑤無情嗎？他卻費事費力的將王春瑤買了回來；但要說石田對王春瑤有情，卻因為王春瑤被人糟踐過，而自己心中意難平，所以都化成對王春瑤的暴力。

王春瑤對石田有情嗎？她一開始就是想利用石田幫自己逃脫牢籠；但她對石田無情嗎？逃脫之後，王春瑤完全能逃走，因為一開始石田對王春瑤很好，對她也很放心，所以王春瑤沒有走。

之後王春瑤之所以逃走，不過是因為石田對她越來越暴力，讓王春瑤不得不逃離，估計她對石田那些感激的情愫，都在對方的暴力中被磨光了，但聽到石田的死訊，王春瑤還是有好幾天吃不下飯。

因為石田和王春瑤這個例外，才讓顏末和邢陌言抽絲剝繭查到了方武頭上。

顏末第一次見到了大理寺的力量，以及邢陌言雷厲風行的手段，管你什麼身分的人，統統抓進大理寺伺候，該定罪的一個沒跑。

買賣女人的關係網被找到，涉事的相關人員都被公佈出來，名聲毀了還是小事，有些情節嚴重的，和方家一樣，都被抄了家，姚家也被問責，聽說姚貴妃在御書房跪了好久，也沒有求得皇上從輕處罰，而二皇子也因為這事被問責，勒令閉門反省。

方文也被抓了起來，若不是方武最後坦白從寬，恐怕方文也要被問斬，方武就這麼一個弟弟，自然要保全對方，所以最後將罪責全都一力承擔，但儘管如此，方家不僅被抄家，該流放的也被流放了。

雖然姚家要傷筋動骨，但姚正業本來能把自己完好的摘出去，不過方武見事情已經發展到這種地步，把什麼都交代了，自然沒有放過姚正業，只不過姚正業這隻老狐狸沒有給方武留下把柄，一切都是方武的一面之詞，所以哪怕姚正業也有問題，但找不到證據。

儘管如此，文啟帝還是下旨，讓姚正業在家休養，歸期不定，而姚琪，則被驅逐出國子監，且永不得入仕。

前期暗潮洶湧，後期狂風浪潮，且彷佛一夕之間就傾覆了好幾家權貴，如此大的事件，成了京城街頭巷尾的談資，整整一個多月都熱度不減。

方家不復存在，姚家夾著尾巴做人，千金樓關門，百花樓被查封，一切彷佛塵埃落定，又好像沒有，因為那些受到迫害的姑娘，開始被人議論。

今天說哪家姑娘好像不見了，可能就是被人賣了，明天說案子結束後，有哪家姑娘回來了，是不是就是方家被放回來的那些姑娘其中之一。

人們不再討論那些禽獸不如的畜生，反而對哪些女人受到迫害而充滿興趣和好奇心，雖然嘴上說著同情憐憫的話，但不乏看熱鬧的心情。

人言可畏，但這四個字不是誰都懂。

外面謠言那麼多，王春瑤一連幾日都將自己關在房裡，不想出來見人。

「再這樣下去，恐怕要出事。」江月被找來看王春瑤，但在屋裡沒待多久，因為王春瑤情緒異常低落，一點說話的意思都沒有，江月開導王春瑤，說得嘴巴都乾了。

「那些人真不是東西！簡直禽獸不如，迫害了這麼多女子！」江月忿忿不平，她都沒想到最後會查出這麼多人。

「外面還兵荒馬亂呢，那些個老頭子被翻出髒污事，家裡都亂套了，有些人趁亂離了京城，有些可還在京城鬧呢。」陸鴻飛搖搖頭。「這事情只要繼續鬧下去，就一定會有人提那些被迫害的女子，禁止不了。」

鍾誠均也皺眉。「你們知道最讓人氣憤的是什麼嗎？竟然有人說如今搞出這麼多家破人亡，都是因為那些女子，說她們是禍水！」

「這都什麼人啊，腦子被狗吃了嗎！」江月氣得要死，轉頭見顏末一臉沈思，忍不住碰了碰對方。「末末，妳想什麼呢？」

顏末摸了摸下巴，開口道：「我在想，如果現在禁止不了謠言，不如轉變風向。」

邢陌言微一抬眼。「怎麼轉變風向？」

「輿論對輿論咯。」顏末喝口茶，哼了一聲道。「現在那些輿論害人不淺，但有時候輿論並不只有負面作用，如果能加以引導，如今這樣的局面就能改變，甚至能挽救那些被迫害的女子。」

「春瑤，走啊，我們去酒樓聽書吧。」江月拽著好不容易從屋裡哄出來的王春瑤，一邊走一邊念叨。「妳再待屋裡不出來，該發霉了，妳是要長蘑菇嗎？」

王春瑤表情很無奈，但看見這麼充滿活力的江月，眼裡可算有了點亮光。

院子外，鍾誠均和顏末也都在，還有三個小孩，豆芽、蒜苗和豌豆。

顏末兩隻手拉著蒜苗和豌豆，豆芽則是拉著豌豆的另一隻小胖手，一連串站著，讓人看著怪溫馨的感覺。

王春瑤輕輕笑了笑，上前和幾人打招呼。

顏末低頭晃了晃蒜苗的小手，給蒜苗使了個眼色，蒜苗心領神會，貼心小棉襖一樣跑去拉王春瑤的手，貼在王春瑤身邊，聲音可甜的叫姊姊。

王春瑤臉色越來越柔和，跟著幾人往外走。

「春瑤姊姊，最近說書的爺爺講了新的故事，還是仙……仙故事呢。」小豌豆拉著顏末的手，一邊轉過頭和王春瑤說話。

因為蒜苗和王春瑤牽手去了，所以豆芽牽了顏末另一隻手，此時伸著小腦袋看豌豆。

「是仙女歷劫的神話故事。」

豌豆點頭。「對呢。」

「是什麼仙女歷劫的神話故事？」王春瑤順著幾個小孩的話去問。

不過三個小孩都描述不清楚，蒜苗笑著晃了晃王春瑤的手。「姊姊過去就知道了，這幾天聽書的人可多了。」

王春瑤點點頭，之後便不怎麼說話了，他們在路上走著，周圍不少人，王春瑤低頭和幾個孩子說話，沒開口的時候，頭也沒抬起來，就那樣低頭走著，好似對周圍事物不怎麼關心一樣。

顏末回頭看了眼王春瑤，在心裡嘆了口氣，她知道王春瑤不是對周圍事物不關心，而是在怕，怕周圍人的眼光，明明知道那些人不可能知道她的遭遇，但是心裡仍舊無法坦率面對。

明明做錯事的不是她們，明明受害者是她們，但最後遭遇指指點點的卻是她們。

江月和顏末對視一眼，顏末搖搖頭，示意先不要去打擾王春瑤，有些事還是要靠自己想通。

幾人去的一家性價比很高的酒樓，人很多，加上這兩天說書的很受歡迎，幾乎每到中午都門庭若市，幾乎都是過來聽新鮮故事的。

鍾誠均提前在酒樓預訂了位置，幾人到了之後，不用候位。

坐下來之後，鍾誠均給幾人分別倒了杯茶，王春瑤看著，沒想到鍾誠均也給她倒了杯茶，讓她有些受寵若驚。

在大理寺住著，她也聽聞這幾位都是什麼身分的人，那樣的身分，聽著就高不可攀，可不管是一開始，還是後來的接觸，這些人都不曾看輕她，哪怕像邢陌言那樣不苟言笑的人，都從來不會用異樣的眼光看她。

顏末見王春瑤盯著茶杯發呆，伸手，將茶杯往王春瑤面前推了推，開口道：「尊重妳的人，和身分地位沒關係，和怎麼去解釋也沒關係，他們自有判斷；不尊重妳的人，怎麼解釋，對方都可能不會聽，因為他們的眼光只看得到眼前的方寸之地，只願意聽自己想聽的話。」

江月聽到顏末說的話，端著茶杯湊過來，也跟著小聲道：「就是啊，以前我說要學驗屍的時候，好幾個和我處得不錯的姊妹，表面支持我，暗地裡嘲笑我呢，想起以前自己還和她們談理想，都覺得自己傻，那時候她們八成都不願意聽，心裡還不知怎麼想我呢。」

第三十章

顏末摸摸江月的頭。「那些不理解妳的人，不必理會就好，何必浪費自己感情。」

江月一拍手。「是這個道理，何必浪費自己感情，有那空，我還不如好好愛喜歡自己的人。」

一旁鍾誠均豎著耳朵聽到了，湊過來問：「說我嗎？月月。」

江月拍拍鍾誠均狗頭。「一邊去。」

「哦……」

顏末和江月說完，說書的老頭就上來了。

蒜苗拉拉王春瑤的手，興沖沖的樣子，示意她趕緊聽。

「上次講到青娥仙子和魔界尊者相戀，結果魔界尊者是利用她，想要入侵仙界，最終導致仙界損失慘重。青娥仙子的罪過不小，要接受處罰。於是仙帝將青娥仙子貶下凡，讓她去體驗情之一字。第一世，她愛上了一書生，但這個書生騙了她的身子後，就將她拋棄了。」

全場一片譁然。

「那書生花言巧語，半是強迫、半是引誘，讓青娥仙子落入了他的感情陷阱裡，而他不僅騙了青娥仙子的身子，拋棄她之後，還大肆宣揚，污了青娥仙子的名聲。這書生不是個好的，還欺騙過其他女人，不過青娥仙子是誰啊，那可是天上下凡的仙子，哪怕成為良家女，心中自有一股與眾不同的膽量。」

眾人點頭稱是。「那青娥仙子是不是收拾那書生了？」

老頭樂了。「這位猜得不錯，青娥仙子被欺騙之後，受盡流言蜚語的傷害，但從未想過自殺，甚至在發現還有女子跟自己同樣受到這種傷害之後，打算聯合起來，讓這書生身敗名裂，最終她成功了，還解救了另一個差點被書生欺騙的女子。

「但書生雖然被抓起來了，這幾位女子卻也被逼著要出家呢，正所謂人言可畏，最後有幾個女子承受不了流言蜚語，自殺了，青娥仙子也無力回天，最後也被逼到走投無路，跟著自殺了。」

嘗遍世間人情冷暖之後，最後的結局，還是一個慘字，聽得眾人分外憋屈。

「世人愚昧啊。」

一道清亮的聲音突然響起，眾人循著聲音望過去，就見說話的是一個清秀的男子，看上去不如尋常男子高大，不過嗓門清亮，眼眸清澈，周身有股子活力。

「這話怎麼說？」

顏末一歪頭，問道：「這不是很明顯嗎？剛才青娥仙子那幾個結局，哪一個不是因為人言可畏，就因為世人多愚昧，對女子多有苛刻，好像女子失了貞潔，有多麼十惡不赦一樣，卻完全忘了這些女子也是受害者，愚昧造就了無形的劊子手，所以青娥仙子每一世才不得善終。」

眾人紛紛回過味來，心中總有種悵然若失的感覺，其實青娥仙子的結局可以很美好，因為她已經打敗了壞人，但最終還是敗給了無形的劊子手。

「青娥仙子好可憐啊。」有人感嘆道。

「可憐嗎？」顏末看向說話的那個人，指著對方開口。「這位兄臺，我記得昨天你還和別人談論之前鬧得沸沸揚揚的拐賣案，但談論的不是方武那等迫害女子的禽獸，反而興致勃勃的好奇那些被救出來的女子都有誰，如今你卻說青娥仙子可憐，但你不就是說青娥仙子的那群愚昧世人之一嗎？你有什麼資格說青娥仙子可憐。」

男人臉色瞬間脹得通紅。「我昨天不過是問了一嘴，而且我和那些女子都不認識，問問又怎麼了？」

「流言之所以成為流言，就因為你一嘴我一嘴。」顏末點了點男人，又掃了一圈其他人，一字一句清晰道：「如果那些被救出來的女子有一個自殺，那說這一嘴話的人，都逃脫不了干係，就如那些害了青娥仙子的愚昧世人一樣。」

「這話太過了吧。」有一位看著像書生的人開口道。

顏末看過去。「你是讀書人？」

那人點頭。「我是。」

「那你覺得那些女子可憐嗎？」顏末又問。

那人繼續點頭。「當然可憐。」

「剛才你也說過青娥仙子可憐，還一起罵那些散播流言害死青娥仙子的人，怎麼現在同樣的情況到了其他無辜女子身上，你又說太過了？」顏末一攤手。「讀書人，你還搞歧視不成？看得起青娥仙子，看不起普通女子？那你讀什麼書？都讀狗肚子裡去了吧。」

那讀書人同樣脹紅了臉，不說話了。

「這些無辜的女子經歷過折磨，活著已經需要莫大的勇氣，你們不去讚嘆她們的勇敢和無畏，反而往她們身上再施加苦難，不是愚昧是什麼？」

顏末搖搖頭。「你們可憐天上下凡的仙子，不忍她經受那些流言蜚語的傷害，卻吝嗇保護這些被傷害的普通女子，說到底，是事不關己高高掛起吧，嘴上說著不痛不癢的可憐話，轉過頭來就好奇問這問那，嘖嘖，有心沒心啊。」

江月哼了一聲。「如果真有女子自殺，希望問一嘴話的人，晚上可別作噩夢，人家本來還能好好活著呢。」

在場不管之前說沒說過閒話的人，此時都不敢隨意說話了，估計以後也不敢隨意說話了，畢竟誰也不想自己成為那個愚昧的世人，也不想背上一條人命。

此時二樓一座位上，邵安炎放下手裡茶杯，緩緩呼出一口氣，笑道：「這點子是誰想出來的？想必今日這場說書之後，流言會越來越少。」

往旁邊一看，坐著的人竟然是邢陌言，此時邢陌言正望著樓下，也不知道在看什麼人，眼裡的神色竟然很溫和。

邵安炎看得稀奇，想順著邢陌言的目光望過去，卻見邢陌言已經收回了視線。

「是我手下，顏末。」

邵安炎那點好奇心瞬間沒了，被轉移了注意力。「顏末？就是你新收的那位人才嗎？剛才說話那個是不是他？」

邢陌言點點頭，卻並未再說別的話。

邵安炎則是低頭去看樓下的顏末，嘖嘖兩聲。「真是人不可貌相，這嬌小的身材，從背後看還以為是女子呢。」

邢陌言正喝茶呢，聞言手指頭動了動，開口道：「她力氣大得很，是個男人沒錯。」

「我也就是開個玩笑。」邵安炎失笑道。「你倒還正正經經解釋上了，這麼護著自己的人？」

「我的人，我自然護著。」

邵安炎最近挺美，因為邢陌言把這個案子處理得漂亮，二皇子一脈損失不小，於是邵安炎從宮裡出來的時候，順便拉上了邢陌言，打算請邢陌言吃頓飯。

不過邵安炎也清楚，邢陌言這樣做並不是為了什麼，所有人都以為邢陌言是站在他這邊，支持他的，但邢陌言其實從未站過隊，也從未做過任何表態。

想到此，邵安炎不由得嘆了口氣，如果邢陌言能夠站隊表態，將是他最大的助力，不過可惜了。

熱鬧看完，邢陌言把邵安炎趕走，自己則去和顏末等人會合。

顏末那一桌，王春瑤眼眶通紅，不過看臉色，卻已經沒了陰霾，正和蒜苗江月說說笑笑。

不過說笑的過程中，王春瑤一直偷偷瞥向顏末。

邢陌言皺了皺眉，轉頭看了顏末一眼，就見顏末低頭扒飯，吃得正香，完全沒注意到。

「啪——」

顏末捂著後腦勺，瞪向邢陌言，剛才她差點用鼻子吃飯了！

「大人，你幹麼?!」

「打疼了？」邢陌言皺眉問道。

「疼倒是不疼，但你幹麼打我？」顏末被打得莫名其妙。「我正好好吃飯呢，也沒幹別的吧。」

邢陌言嘖了一聲。「沒打妳，就是給妳提個醒。」

「提什麼醒？」顏末納悶。

「剛才出了場風頭，注意下自己的形象。」

顏末撇撇嘴，嘀咕道：「哪有什麼形象可言，天天被說小矮子。」

一旁鍾誠均睜大眼。「怎麼突然把話題拐我這裡了，我最近可沒說啊，沒毀了你形象。」

江月突然開口問道：「對了，誠均哥哥～～末末比我還高呢，她是小矮子，那我是什麼啊～～」

雖然江月語氣很溫柔，但鍾誠均莫名察覺到一絲絲危險。「月月，妳和顏末比什麼，你們兩個又不一樣，他要是個女人，自然不矮，可他是個男人啊！」

「哦——」江月並沒有被安撫到。「但末末是男是女，和我在你眼裡個高個低並不衝突啊。」

顏末默默鼓掌。「邏輯通順。」順便也看向鍾誠均，等著鍾誠均回答。

鍾誠均無言。「……」

剛想開口，江月就一巴掌拍了過來，打得他胳膊疼。

「你猶豫了！」江月瞇起眼。「所以我在你眼裡也是小矮子咯。」

鍾誠均。「……」他冤枉啊，還什麼都沒說呢。

江月一揮手。「行了，你什麼都別說了，我不想聽你解釋。」

邢陌言搖搖頭，心想這位成親之後，估計被管得死死的了。

幾人吃完飯往回走，氣氛輕鬆了不少，三個小孩手牽手到處亂跑，跑出一腦門汗。

顏末抬頭望了眼天，莫名想起一句話，太陽當空照。

如今這天氣是越來越熱了。

江月和王春瑤一邊走一邊說著話，往旁邊一看，就見顏末正皺眉，好似很苦惱一樣，不由得開口。「怎麼了？」

顏末嘆了口氣。「這天氣越來越熱了。」

「天氣熱怎麼……」江月話說到一半，突然反應過來。

天氣越來越熱，意味著身上的衣服也越穿越少，顏末雖然化妝技術高超，但骨相卻難以掩藏，難保不會被人發現端倪。

雖然邢陌言已經知曉顏末是女子，但現在顏末也不好直接恢復女兒身，她在皇上那裡過了眼，一個處理不好，被有心人利用，就會成了欺君之罪，這事情要慢慢來，馬虎不得。

這時，瘋跑著的三個小孩，和迎面一個老人撞到了一起，老人哎喲一聲，坐在了地上。

顏末等人立即看過去，就見三小孩一人站一邊，還有一個站在正中間，使勁地拽老人的衣領子。

「哎哎，我自己起來。」老人被拽得直晃，趕緊擺手。

顏末走過去，拍拍正中間蒜苗的小腦袋，然後伸手將老人扶了起來。「老人家，您沒事吧。」

按理說，老人也不至於被三個小孩撞倒在地，而且剛才老人是直直的和三個小孩碰到，好似在走神，也沒來得及避開，此時臉上的神色也不怎麼好看。

老人擺擺手，嘆了口氣。

江月見老人臉色不好，有些擔心。「老人家，看你好像不舒服？不然我們送你去醫館吧。」

「不了不了。」老人連忙搖頭。「我還要去報案。」

「報案？」顏末和江月對視一眼，又看向邢陌言。

邢陌言問道：「老人家要去哪裡報案？」

老人打量了一下邢陌言，見邢陌言儀表不凡，心下不由感嘆了一聲，然後回答說去大理寺。

鍾誠均笑道：「那您老走反了啊，大理寺在您身後的方向。」

「哎呀。」老人一拍頭，匆匆忙忙道了聲謝，連忙轉身就想走。

顏末連忙拽住老人。「您老和我們一起走吧，我們就是大理寺的。」

老人張大嘴看著顏末，臉上驚訝的表情不加掩蓋。「當真？」

顏末點頭，一指邢陌言。「我們家大人。」

邢陌言在心裡點頭，心情就很舒爽，我們家什麼的，用詞精準。

老人一聽顏末的話，立即看向邢陌言，求助道：「大人，我們家老爺夫人，還有少爺小姐都消失不見了！」

鍾誠均問：「什麼叫消失不見了？失蹤了？」

老人搖搖頭。「不是失蹤，是消失，我們老爺夫人，還有少爺小姐是在房間裡消失了，那個宅子鬧鬼啊！」

這一句話驚呆眾人，顏末揉揉耳朵，不可思議道：「什麼？鬧鬼？」

老人一邊走，一邊向眾人交代事情始末。

——未完，待續，請看文創風879《野蠻娘子求生記》下

2020年8月出版

農華似錦

文創風 875～877

人人常說「榮華富貴」，她的名字寓意雖好，卻沒沾到半點喜氣，
不但年紀輕輕就香消玉殞，穿越到又窮又苦的農家，
想要讓一家子活下去還得鋌而走險，人生真的好難啊！

農門秀色，慧黠情真／琥珀糖

榮華因為一場空難意外，穿越成桃源村小農女，
雖有個村長爹，還有個經年在外的將軍作未婚夫，
卻沒有為她的日子帶來田園風光的美好，
反而充斥著挨餓受凍、雞飛狗跳的苦難……
怪只怪生逢亂世，想要吃飽穿暖都是一種奢望，
這家都窮得要命了，還要供養一窩極品親戚，
她好不容易重獲新生，可不能就此坐以待斃啊！
本想死馬當活馬醫，冒著殺頭的風險在邊境走私，
孰料竟拚出一條活路，將窮鄉僻壤翻身成黃金寶地？
不只一家人得以溫飽，連鄰里鄉親都能一起脫貧致富，
而今再藉著天時地利，徹底擺脫那些好吃懶做的親戚，
人生剛迎來好盼頭，無奈「財」「貌」兼具卻引人覬覦，
這縣令好大的官威啊，想要強娶她？先問過她的未婚夫吧！

風 文創 878

野蠻娘子求生記 上

國家圖書館出版品預行編目資料

野蠻娘子求生記 / 垂天之木著. --
初版. -- 臺北市 : 狗屋, 2020.09
冊 ; 公分. --（文創風）
ISBN 978-986-509-135-4（上冊：平裝）. --

857.7　　109010464

著作者　垂天之木
編輯　龍宇馨
校對　周貝桂
發行所　狗屋出版社有限公司
地址　台北市104中山區龍江路71巷15號1樓
電話　02-2776-5889～0
發行字號　局版台業字845號
法律顧問　蕭雄淋律師
總經銷　知遠文化事業有限公司
電話　02-2664-8800
初版　2020年9月
國際書碼　ISBN-13　978-986-509-135-4

定價250元
狗屋劃撥帳號：19001626
網址：love.doghouse.com.tw　E-mail：love@doghouse.com.tw